《百家字谜》编辑委员会

主　编：苏剑

编　委：武骝、蔡芳、黄全来、熊辉、苏颖、顾斌、王刚

● 学生灯谜读物 ●
百家字谜·第一辑

熊 辉
字谜300

熊 辉/著

中州古籍出版社
·郑州·

图书在版编目（CIP）数据

熊辉字谜 300 / 熊辉著 . — 郑州：中州古籍出版社，2021.3

（百家字谜 . 第一辑）

ISBN 978-7-5348-9549-4

Ⅰ.①熊… Ⅱ.①熊… Ⅲ.①谜语—汇编—中国 Ⅳ.① I277.8

中国版本图书馆 CIP 数据核字 (2021) 第 015695 号

出 版 社：	中州古籍出版社
	（地址：河南省郑州市郑东新区祥盛街27号6层 邮政编码：450016）
发行单位：	新华书店
承印单位：	陕西隆昌印刷有限公司
开 本：	889mm×1194mm　　1/48
总 印 张：	28
总 字 数：	600 千字
版 次：	2021 年 3 月第 1 版
印 次：	2021 年 3 月第 1 次印刷

总定价：120.00 元（全套 10 册）

本书如有印装质量问题，由承印厂负责调换

作者简介

熊辉,网名天歌,1962年10月生,武汉人。中华灯谜学术委员会学术部副部长、中华国粹网灯谜区总版主、中华灯谜图书馆副馆长、湖北省谜语专业委员会副主任、深圳市灯谜学会副会长、长安文虎社理事、《谜周刊》杂志副主编。1978年开始从事灯谜创作,师从著名谜家金仲初先生。编著有《醉谜斋》《百字先生》《长恨歌词牌谜》等灯谜书刊。入编《现代灯谜精品集》《中华谜语大辞典》《中国当代灯谜艺术家大词典》。当选为"新世纪灯谜之星"。2012年被选为"全国十大谜书收藏家"。曾在全国及省市灯谜大赛中多次荣获最佳射手奖、佳谜奖、优秀谜文奖。先后在全国各类报刊发表灯谜作品3000余则。为《沐云斋文虎类稿》《大鹏风采》《长安文虎》《谜也者》各类灯谜类书刊进行装帧设计达100种(套)以上。

进入新世纪以来,为更好地弘扬国粹,传播灯谜文化,致力于灯谜资料电子化大数据的转换工程,已经通过录入、扫描,制作出早期灯谜刊物电子版600多种;并主持"中华灯谜库搜索引擎"的策划、开发、构建,目前入库灯谜作者2000多位,灯谜作品已经超过120万则。

序 言

苏 剑

汉字是中国文化标志性的符号,是记录汉语语言的文字,距今已有六千年左右的历史。汉字集音、形、义于一体,以其独特的美感和魅力卓立于世界各民族文字之林。古往今来,人们融合运用汉字音、形、义的灵性和特质,以特殊的思维方式诠释汉字、演绎汉字,创造出灯谜这种独特的中华民族传统文化形式。

灯谜题材包罗万象,无所不及,而所有灯谜都含有字谜的元素,可以说都是构建在字谜基础之上的。字谜在灯谜的"大家族"中虽形微体小,却是人们公认的"万谜之源"。字谜是最简易的灯谜,也是最灵活的灯谜要素,是学习猜制灯谜的基础。兹长安文虎社编纂出版《百家字谜》丛书,也是为发扬传承中华传统优秀文化而做的一件大有裨益的普及性事情。

20世纪80年代以来,是灯谜创作最为

活跃的时期,字谜创作也空前繁荣,尤其是字谜创作的手法有了开拓性的发展,表现形式更加多姿多彩,字谜作品数量亦蔚为大观。《百家字谜》丛书第一辑就是这个时期字谜艺术的结晶,是世纪之交海内外字谜创作的缩影,基本上代表了当代字谜创作的领先水平,反映出当代字谜创作的整体概貌。

《百家字谜》丛书是系统介绍当代灯谜名家字谜精品的系列丛书,"百家"入选者均为当代在字谜创作方面有突出成就或字谜艺术精湛的谜家。《百家字谜》丛书第一辑,共选编了10位谜家的字谜作品,可谓"臻臻至至,洋洋洒洒"。首批入选的10位谜家中,有已故灯谜泰斗柯国臻、字谜专家黄穆灿、台湾名宿吴学平,有德艺双馨的老一辈著名谜家郑百川、汪寿林,有承前启后的灯谜名家武骝、蔡芳等,也有近几年在字谜创作方面成绩显著的苏剑、章镳、熊辉等人。他们的字谜作品自成风格,各具特色,或古朴典雅,或清新自然,或白描写意,或灵巧奇趣,呈现出"百花齐放"的字谜艺术图景。

翻开《百家字谜》丛书,弘扬主旋律、突出正能量的灯谜作品俯拾皆是。例如:"织杼半融读书声（字）纾""教育后辈当尽孝（字）辙""寸土不丢保村庄（字）床""异地犹存故国心（字）域"以及"点滴改革见成果（字）单""和田名品，中国声誉（字）玉"，还有"四风之中奢为先（字）爽""为政不为民，民弃速罢之（字）整""奉献点点滴滴，赢得无上荣光（字）桃"等；再如："半掩浣花子美居（字）蒲""阳春晚景四方同，泊堤鹊影处处见（字）日"，等等。这些大手笔表现出了多样化的字谜之美。这些汉字和字谜的完美结合，让人感受到其无穷的艺术魅力。细细品读，在字形上能引起人们美妙而大胆的联想；在字音上能激发人们的兴趣，引起人们的共鸣；在字义上能增强或激发人们热爱中华民族文化的情感。汉字是字谜之源，字谜为汉字平添了新的文化内涵，丰富了汉字的艺术空间。

《百家字谜》丛书定位为普及型读物，可作为开展校园灯谜活动的读本，供中小学生和青少年爱好者学习猜制字谜借鉴之用。这套丛书，每个单行本由"作品精选"与"作品赏析"两部分组成。"作品精选"部分，选谜难易兼顾，雅俗共赏，每条谜都作了简注、解析,适合中小学生无障碍阅读。"作品赏析"部分,选取20—30条字谜代表作,邀请名家撰写评析短文,解读精华,激活亮点,启迪创作思路,有助于字谜猜制的普及和提高。

  吾爱谜数年,又喜字谜创作,此次跻身其中,汗颜不已,自当是近距离学习前辈灯谜艺术造诣的绝佳良机,不敢懈怠。惟愿方家和读者打开《百家字谜》丛书这扇览胜之窗,尽情欣赏一窗美景、四面青山。纷呈的字谜精品,炼意传神,曲尽其妙,让你应接不暇;精妙的字谜赏析,酣畅淋漓,旨趣所归,让你品味称奇。步入这方园地,受各种典型谜法的浸濡熏陶,会让你起点更高、起步更实、起飞更快。《百家字谜》,带你跨进奇异的灯谜世界。

  是为序。

2019年5月于西安白桦林居

目 录

作品精选

少笔画字	003
5画字	008
6画字	012
7画字	016
8画字	022
9画字	030
10画字	040
11画字	049
12画字	057
13画字	065
14画字	070
15画字	073
多笔画字	074

作品赏析

开始下沉就报警（少笔画字）井 … 左右袒/赏析 079

小心倒了，小心倒了，小心点！（少笔画字）予

………………………………………… 蔡 芳/赏析 080

调动骏马驰八荒（5画字）发 … 丁培坤/赏析 081

模拟演习得七分（5画字）母 … 丁培坤/赏析 083

每每提起心中事（6画字）竹 … 蔡建荣/赏析 085

查出木马，一一清除（6画字）吗

………………………………………… 王楷波/赏析 087

一江流水从此分（7画字）巫 … 柯克斌/赏析 087

云南开放富起来（7画字）弃 … 蔡建荣/赏析 089

云南开放富起来（7画字）弃 … 丁培坤/赏析 090

花丛之间结同心（7画字）两 … 胡文明/赏析 092

化作流星一两颗，意满思念悲益切（7画字）怂

………………………………………… 章 鏕/赏析 093

室蕴春意辨弦音（7画字）闲 … 潘洁妹/赏析 094

画心疏松画边紧（8画字）固 … 杨基平/赏析 090

身为中国人，就该多出点力（8画字）金

………………………………………… 杜心宁/赏析 097

常昊这一着，变化无常（9画字）春

………………………………………… 陈连苏/赏析 098

谜面	作者	页码
月移阶前梅枝瘦（9画字）娜	杨基平/赏析	099
镜中白发显高寿（9画字）春	杨耀学/赏析	102
禁区外斜线传中，制造点球（9画字）蚁	顾 斌/赏析	103
此画形散乱，还得勤用功（9画字）革	蔡 芳/赏析	104
香如故兮杳无影（10画字）敌	尚 华/赏析	105
苦难之中见真心（10画字）值	王楷波/赏析	106
借取西川，一直不归（10画字）偖	赵首成/赏析	107
风声瑟声伴雁声（10画字）艳	赵首成/赏析	109
从小不正，于是必反（10画字）铃	胡文明/赏析	111
提前一手点三三（10画字）挚	顾 斌/赏析	112
一下扑空露后背（10画字）捕	潘洁妹/赏析	113
设计相同换思路（10画字）调	柯克斌/赏析	114
平安转移出重围（11画字）啬	杜心宁/赏析	115
改革先得有胆识（12画字）脾	杨耀学/赏析	116
陈毅总结分三点（13画字）意	王楷波/赏析	118
柳叶舒卷形各异（14画字）榴	尚 华/赏析	118
七星残局先师解（14画字）漏	丁培坤/赏析	120

点点滴滴总伤心,一番离乱,空锁闺门(15画字)墨

································· 蔡建荣/赏析 122

小窗依稀藏春意(15画字)褒 …… 顾 斌/赏析 124

大运选手,捉对拼杀(多笔画字)攀

································· 杜心宁/赏析 125

后 记 ································· 127

作品精选

少笔画字

申请列中夺状元（少笔画字）　　　　　一
注：叫底补面＋提义双扣。谜底"一"字要
　　成为"申"字，就要补列一个"中"字。
　　夺状元必然是得了第"一"。

先做帮闲休再提（少笔画字）　　　　　门
注："做"字的起先是"亻"，帮衬（添加）
　　上"闲"，再从这两部分中提走"休"
　　字，得到谜底"门"。

双眉耷拉有心事（少笔画字）　　　　　小
注：将"八"象形为一双耷拉的眉毛，与"事"
　　字中心的"亅"组合，得到谜底"小"。

芳心无主了牵挂（少笔画字）　　　　　子
注："芳"字的中间为"亠"。《康熙字典》
　　引用《六书正讹》："丶，古文主字。镫
　　中火丶也。象形。借为主宰字。"所以
　　"亠"中无（没有）"丶"后剩下"一"。

"了"明用。将"一"与"了"牵挂在一起,得到谜底"子"。

阶级划分一下(少笔画字) 书

注:阶级别解为台阶,"冖丁"叠在一起象形为台阶,再从"下"字中分去"一",得到"卜",合起来得到谜底"书"。

临终竖指乃天意(少笔画字) 日

注:方位移形、提义双扣。"临"字的最终部分为"吅",将其竖立起来就变成"日"字,"日"指的就是天的意思。

始乱终弃古少见(少笔画字) 升

注:"乱"字的开始部分为"舌","弃"字的最终部分为"廾",再从"舌"字中减掉"古",剩下"丿","丿"与"廾"组合得到谜底"升"。

马上投入工作中(少笔画字) 五

注:"马"字的上部为"𠃌",将"𠃌"投入

到"工"字的中间,得到谜底"五"。

虎啸一声隐山岚(少笔画字)　　　　风

注:会意、离合双扣。《周易·乾》:"云从龙,风从虎。"意思是:龙为水物,云为水汽,故龙吟云出;虎吼威猛,荡谷飘风,故虎啸"风"生。"岚"字之中隐去"山",剩下也是"风"。

一生用心收获多(少笔画字)　　　　丰

注:离合、提义双扣。"一"明用,"用"字的中心部位为"丨",组合得到谜底"丰"。再用"收获多"提义("丰"字有丰盛、丰富义)。

上头少饮点,用意已表明(少笔画字)　以

注:离合、提义、提音三扣。离合:"饮"字上面少了,剩下"乚人",点为"丶",组合得到谜底"以"。提义:《说文》"以,用也。"《左传·僖公二十六年》:"凡师能左右之曰以。"提音:"已"与

"以"读音相同。上头,是指喝酒时喝多了,有点头晕;表,表达。

一弯曲径孤星垂(少笔画字)　　　之

注:全谜象形。以"之"象形为山中弯弯曲曲的路径,以"、"象形为天际的一颗孤星,组合得到谜底"之"。

小心倒了,小心倒了,小心点!(少笔画字)　　　予

注:"小"字的中心是"亅",倒下后为"⌒"。"⌒、⌒、亅、、"组合得到谜底"予"。

开始下沉就报警(少笔画字)　　　井

注:移形、提音双扣。"开"字的起始笔画为"一",往下沉到"井"上,得到谜底"井"。"井"与"警"读音相同。

"一夜两难裁"(少笔画字)　　　歹

注:"一"明用,夜为"夕"。两难裁:面取其

义,底取其形,谓其紧紧相连,不容分离。面句为唐•陆龟蒙《洞房怨》诗句。

三星平垂映残月(少笔画字)　　　　心

注:以"心"字中的三点象形"三星"。平垂:取其势也。残月如钩(乚),取其形也。

合纵连横得天下(少笔画字)　　　　木

注:"纵"为"丨","横"为"一","天"字的下面为"人",合之扣底。合纵连横典故出自战国时期,苏秦游说六国联合抗秦叫"合纵",张仪游说六国共同奉事秦国称"连横"。

"渔舟一叶江吞天"(少笔画字)　　　心

注:"乚"象形小舟。江,水(氵)也。"天"作方位,表示上方。"江吞天"取势,即将"氵"横放在"乚"之上。面句为宋•苏轼《书王定国所藏烟江叠嶂图》诗句。

5画字

模拟演习得七分（5画字）　　　　　　　　　　母

注：模拟，指模仿、比拟。演，演绎。将"习"字和"七"字模拟、演绎组合得到谜底"母"。

萍水难逢空断肠（5画字）　　　　　　　　　　平

注："萍"字中的"水"（氵）没有了（难以相逢），再空掉断肠草（艹），剩下"平"字就是谜底。

一篙一舟穿浪急（5画字）　　　　　　　　　　必

注：全谜象形。"丿"象形为一支撑船的竹篙，"乚"象形为一只小舟，"氵"字形转平，象形为翻滚的波浪。组合得到谜底"必"。

马路不平，污水横流（5画字）　　　　　　　　号

注：在中国象棋中，棋子"象走田，马走日"，所以"马路"代指"日"，"日"

去掉"一"(横画"一"为平)得到"口","污"字中的"水"(氵)与"横"(一)流失掉,剩下"万"。"口"与"万"组合得到谜底"号"。

调动骏马驰八荒(5画字)　　　　　　发
注:"骏"字中的"马"驰去,再将"八"荒废掉,剩下"厶夂",参差调动之后,组合得到谜底。

"蜻蜓立钓丝"(5画字)　　　　　　　刊
注:干,象形蜻蜓。立者,竖(丨)也。竖钩(亅)象形钓丝。组合得到谜底"刊"。面句为唐•杜甫《重过何氏五首》(其三)诗句。

一钩残月坠西楼(5画字)　　　　　　札
注:"乚"象形一钩残月。俗云:新月如眉,残月如钩。坠,沉也,取其势。"楼"字的西边(左西右东)是"木"。组合得到谜底"札"。

人人有志讲道德（5画字）　　　　　　四

注：此谜以面补底。"四"字加上两个"人"（亻），再加上"志"，组合得到谜底"德"。

风雨交加呼呼去（5画字）　　　　　　汁

注："雨"会意"水"（氵）。数学符号的"加"号为"十"。"呼呼"为风的象声词，故"呼呼去"自行抵消谜面"风"字。以"雨交加（氵、十）"得出谜底。

鸣鸟飞兮雁阵断（5画字）　　　　　　号

注："鸣"字中的"鸟"飞去，剩下"口"；"兮"字中的"八"象形为雁阵，断掉后余"丂"。组合得到谜底"号"。

"一去不知归"（5画字）　　　　　　丕

注："一、不"二字皆明用。此谜取底字减损之法，即："丕"字中的"一"去掉后，"不"字自知归来。面句为唐•苏伦妻《与夫同咏诗》诗句。

"孤舟一系故园心"（5画字）　　　　　　电

注："乚"象形孤舟。"一"明用。故，亡故，作去掉的意思，即去掉"园"字的中心，余"囗"。组合得到谜底"电"。面句为唐·杜甫《秋兴八首》（其一）诗句。

西方引进新事物（5画字）　　　　　　东

注：以面补底，会意扣合。将"西"字引入谜底，合为"东西"，即物品的俗称。

点点雁阵纵横飞（5画字）　　　　　　令

注："点点"明用两点"、、"。雁阵，取象形也。纵横飞，取势也。其一纵向飞"人"，其一横向飞为"フ"，组合得到谜底"令"。

空中月影映云端（5画字）　　　　　　册

注："月"字空去中间余"冂"，影为重叠的意思，得到两个"冂"。"云"端是"一"。组合得到谜底"册"。

星临平桥悬孤帆（5画字）　　　　　　　市

注："、"象形为星星，"一"象形为平桥，
　　"巾"象形为一片孤帆。组合得到谜底
　　"市"。

6画字

东风阵阵送舟行（6画字）　　　　　　　巡

注：全谜象形。将"巛"象形为在东风劲吹
　　下的船帆，将"辶"象形为西行的帆
　　船，组合得到谜底"巡"。

孤星横山云水间（6画字）　　　　　　　寻

注：将"、"象形为一颗孤星，"山"横过
　　来成"彐"，"云水"两字的中间是"一
　　亅"，组合得到谜底"寻"。

每每提起心中事（6画字）　　　　　　　竹

注："每每"两字的起始部分为"ㄠㄠ"，
　　"中事"两字的心间为"丨亅"，组
　　合得到谜底"竹"。

哪里拆迁没后台（6画字）　　　　　　　动

注："哪"字的里面是"阝"，拆开并迁移后
　　为"二力"，"台"字没有后面的"口"
　　剩下"厶"，组合得到谜底"动"。

采石矶头鸟横排（6画字）　　　　　　　凫

注：采石矶位于安徽省马鞍山市西南5公里
　　处的长江南岸。采掉"矶"字的"石"
　　剩下"几"，"鸟"字中的"横"（一）
　　排除掉，组合得到谜底"凫"。

查出木马，——清除（6画字）　　　　　吗

注："查"字中剔除掉"木"，剩下"旦"，
　　"马"字明用，再将"旦"字中的
　　"——"清除掉，剩下的"口"与"马"
　　组合得到谜底"吗"。

《夜宴》日夜看不够（6画字）　　　　　安

注：《夜宴》是章子怡、葛优等主演的一部
　　国产大片。"夜宴"两字中的"日夜"
　　看不到了，剩下的"安"字就是谜底。

重申：一周内必须完工（6画字）　　再

注：提义、离合双扣。"重申"有再次、重复的意思。"一"明用，"周"字之内完结剩下"冂"，"工"明用，组合得到谜底"再"。

下笔如飞形舒展（6画字）　　竹

注："笔"字下面的"毛"飞走后，得到"竻"，再将其形舒展开来就得到谜底"竹"。

压力调整，重点为节约（6画字）　　庄

注：将"压力"两字调整为"庄力"，"重点"之重（zhòng），别读为重复的重（chóng），获得两点"丶丶"，与"力"组合成"为"，再将"为"字节约掉，剩下"庄"字就是谜底了。

芳心几度盼雁归（6画字）　　仈

注：芳心，取"芳"字的中心，即"一"。"几"字明用。盼，作"看"解。以雁阵象形"亻"。组合得到谜底"仈"。

岩中泉水清（6画字）　　　　　　　　百

注："岩"字中部为"一"，"泉"字之"水"清
　　除后余"白"，组合得到谜底"百"。

一旦反目别找我（6画字）　　　　　　百

注：将"旦"字反过来看是"百"，"我"字
　　中别离掉"找"剩下"丿"，组合得到
　　谜底"百"。

半垂华盖覆明珠（6画字）　　　　　　自

注：华盖，道教语称眉毛，典见《黄庭内景
　　经·天中》。所以此以"丿"象形眉毛。
　　明珠，眼睛也，扣"目"字。组合得到
　　谜底"自"。

身为皇上始称孤（6画字）　　　　　　百

注：以面示底，离合扣之。身，指谜底"百"
　　字的身体部分为"皇"字的上面，即
　　"白"字。始，指谜底"百"字的开始
　　部分，即"一"，"孤"字会意点明为
　　"一"。组合得到谜底"百"。

船头遥望江鸥影,纵横吹来东北风(6画字)　　　　　　　　　　迅

注:"辶"象形一只江鸥在小船头上翻飞。纵横为"十"。"风"字的东北方向为"乀"。组合得到谜底"迅"。

7画字

寒雨哨残舟(7画字)　　　　　　　　彤

注:寒,《小尔雅·广诂》:"寒,取也。"哨,《汉语大字典》释义之八曰:"雨点因风斜洒下来。也作潲。"象形"彡"。残舟,损形扣"丹"。组合得到谜底"彤"。

率先转交石达开(7画字)　　　　　　否

注:"率"字的先前部分为"一",转变为"卜",交接到松开的"石"字中,即可得到谜底"否"。

"一片枕前冰"(7画字)　　　　　　　沈

注:片,分开,剖开。《广韵》:"片,半也,

判也,折木也。"分开"枕"字前面的"木"部后得到"冘"。冰,水之凝成。"水"转变为"氵"。组合得到谜底"沈"。面句为唐•刘商《古意》诗句。

带头起立造气氛(7画字) 芬

注:"带"字的头部为"卅",起(拿掉)立(丨)后成为"艹"。由什么字上面造一个"气"是"氛",反推出"氛-气"得到"分"。"艹"+"分"得到谜底"芬"。

毁容之前口气大(7画字) 谷

注:离合双扣。毁掉"容"字之前的"宀"即得"谷"。"口"明用,"气大"即发"火"。两次扣合,得到谜底"谷"。

仅剩几堆下午干(7画字) 役

注:"仅、几"两字明用,下掉"午"字中的"干",剩下"丿"。意思是将"几"堆在"仅"字上面,再加上"丿",组合得到谜底"役"。

室蕴春意辨弦音（7画字）　　　　　　　闲
注：离合提音双扣。"室"（家）意思为"门"，
　　"春"借代为"木"，组合得到谜底"闲"。
　　辨别读音，"弦"与"闲"两字同音。

花丛之间结同心（7画字）　　　　　　　两
注：将"丛"字花开成"从一"，将"同"
　　字中心部分了结掉，剩下"冂"。
　　间（jiān）由名词中间、里面的意思转作
　　动词，读作jiàn，夹杂、掺杂的意思，将
　　"从一冂"掺杂在一起，组成谜底"两"。

直到后来还得离（7画字）　　　　　　　听
注："直"字转换成笔画"丨"，"后"字分成
　　"厂一口"，组合得到谜底"听"。

太太不检点，直接就离了（7画字）　　巫
注："太太"两字去掉"丶丶"，剩下"大
　　大"，"直"字转换成笔画"丨"；将
　　"大大"分离，与"丨"组合得到谜
　　底"巫"。

一江流水从此分（7画字） 巫
注："江"字中的"水"（氵）流掉后剩下
　　"工"；"从"字分为"人人"，与"工"
　　组合得到谜底"巫"。

因有烟笼山如睡（7画字） 灵
注：什么字有了"因"就能够成为"烟"？
　　由此倒推出"火"；"山"字睡下，转形
　　成"彐"，组合得到谜底"灵"。

水天相接人渺茫（7画字） 汞
注："水"字与"天"字相互连接起来，然
　　后去掉"人"字。渺茫，模糊不清。（如
　　底射"江"字，则面上"相接"之意不
　　确也。）

云南开放富起来（7画字） 弃
注："云"字的南面是"厶"，"开"字放开
　　得到"一廾"，"富"字的起首笔画为
　　"丶"，组合得到谜底"弃"。

诊断前后注意点（7画字）　　　　　　诉

注："诊断"两字的前后部分分别为"讠""斤"，再标注上"丶"，组合得到谜底"诉"。

枝头眉月映残云（7画字）　　　　　　私

注："枝"字的前头为"木"，"丿"象形为眉月，"云"字上面的"二"残掉，剩下"厶"，组合得到谜底"私"。

"春色满园关不住"（7画字）　　　　　束

注："春"借代"木"。"口"象形园子的围墙，"关不住"取其势也。"木"字破"口"而出，摒除了"杏、呆、困"诸字，得到谜底"束"。面句为宋·叶绍翁《游园不值》诗句。

毁前约泪眼迷离（7画字）　　　　　　没

注："毁"字的前面约掉余"殳"，"泪"字之"眼"（目）分离，余"氵"。组合得到谜底"没"。

园中不见著春意（7画字） 困
注："园"字中间的"元"不见，余"囗"。
"春"借代"木"。合之扣底"困"。

含泪拭眼方离去（7画字） 泠
注：此谜为先合后离之法。取"含泪"二字
拭（擦）掉"目"字，再将方形的"口"
字离去，组合得到谜底"泠"。

眉月初上人方归（7画字） 彷
注："丿"象形眉月，"人"字转变为"亻"，
"方"字明用，组合得到谜底"彷"。

闭门空锁一片春（7画字） 材
注："闭"字的"门"空去得"才"字。"锁"
字起连接作用。"春"，用五季与五行相
互借代扣出"木"。组合得到谜底"材"。

化作流星一两颗，意满思念悲益切（7
画字） 恷
注：离合、提义、提音三扣。"化"明用。将

流星象形为"、","一两颗"表示有三个"、",组合得到谜底"佖"。"意满"提义"佖"字有"满、充满"的意思,"思念"暗示谜底字的读音。这里运用了古代注音的反切法,简称"切音"(即用前一个字的声母与后一个字的韵母切出字的读音)。"悲"字的声母为b,"益"字的韵母为ì,所以切出"佖"的读音为bì。

8画字

汁多口感腻(8画字)   油
注:离合、提义双扣。"汁口"两字明用,组合得到谜底"油",再用"腻"字提义谜底"油"字是"油腻"的意思。

点点雨来伞撑开(8画字)   奔
注:"丷"象形为两个雨点,加到"伞"上就变成"伞"字。"开"字撑开为"一廾",与"伞"组合得到谜底"奔"。

归来正是求安稳（8画字）　　　　　　固

注：离合、提义双扣。"归来"会意为"回"，
　　"正"转换为正号"十"，组成谜底"固"。
　　"安稳"提义谜底有稳固义。

仅靠上帝作解释（8画字）　　　　　　夜

注："仅"字明用，"帝"字的上部取"亠"；
　　将"亠"与"仅"相互牵连，可得到谜
　　底"夜"。

寻得观后鸿迹浅（8画字）　　　　　　觅

注：提义、离合双扣。用"寻"字先提示谜底
　　的字有"寻觅"的意思。"观"为道观，
　　"观"字的后面为"见"，"鸿迹"是指鸿
　　雁踏雪留下的"爪"痕，用"浅"字提示
　　将"爪"变为"⺈"，组合得到谜底"觅"。

两个人下成六平（8画字）　　　　　　非

注：两个"个"字都将"人"下掉，得"丨
　　丨"，六个平转变成六个笔画的"一"，
　　组合得到谜底"非"。

人展英姿兴高起（8画字）　　　　　　　典

注："人"字展开（去掉）后的"英"，剩下"艹口"，"兴"字的上面（高处）部分起（去）掉，剩下"八"，组合得到谜底"典"。

前天调往活动处（8画字）　　　　　　　夜

注："前"字的上面（天头）为"丷一"，"处"字活动成"夂丨丶"，一起调整组合得到谜底"夜"。

小心转变有人爱（8画字）　　　　　　　怜

注：移形、提义双扣。"小"字逆时针旋转90°，"心"字变为"忄"，"人"明用，组合得到谜底"怜"。再用"爱"提义"怜爱"。

轩窗半启芳心乱（8画字）　　　　　　　卧

注：用"臣"象形古代的半扇花格木窗，"芳"字的中心取"亠"，用"乱"字表示将"亠"转动为"卜"，组合得到谜底"卧"。

遭乱之后早处理（8画字）　　　　　　迪

注："遭"字的结构打乱后，得到"辶十由日"，"十日"组成"早"，将其处理掉，余下的"辶由"组成谜底"迪"。

画心疏松画边紧（8画字）　　　　　　固

注："画"字的中心为"田"，将其松开变成"古"，"画"字四边为"一凵"，收紧变为"囗"。组合得到谜底"固"。

"一双俱应节"（8画字）　　　　　　　竺

注："双"者为"二"。俱，共同。《说文·人部》："俱，偕也。"节，竹也。《说文·竹部》："节，竹约也。"组合得到谜底"竺"。面句为唐·虞世南《舞》诗句。

"共有白云心"（8画字）　　　　　　　其

注："共"字明用，"白、云"两字的中心部位皆为"一"，合之扣底"其"。面句为唐·王维《赠韦穆十八》诗句。

具体调整,立等当知(8画字)　　　　　典

注:移形、提义双扣。先将"具"字中间的
　　两横"="调整成直立的等号"∥",得
　　到谜底"典"。再用"典当"的"当"
　　进行提义。

糖果盒,右裂开,五格糖果全吃空,只
剩一颗掉盒外(8画字)　　　　　　　卧

注:"臣丨"象形为一个俯视的糖果盒,而
　　且右边裂开了,"、"象形为一颗糖果。
　　组合得到谜底"卧"。

月上柳梢山如睡(8画字)　　　　　　秉

注:以"丿"象形月,"柳"梢为"木","彐"
　　取其好像是"山"字侧卧之睡姿。组合
　　得到谜底"秉"。

月影斑阑映窗前(8画字)　　　　　　穹

注:将"月"字之形残损("斑阑"为残缺
　　的意思)为"弓","窗前"为"穴"。
　　组合得到谜底"穹"。

春意盎然气象新（8画字）　　　　　　　　枫

注："春"借代为"木"，"气"的形态（象）为"风"，组合得到谜底"枫"。

直等插上得三分（8画字）　　　　　　　　非

注：将等号"="直立起来，从中间插进"三"字里面，即可得到谜底"非"。

分明翠袖依阑干（8画字）　　　　　　　　姗

注："翠袖"代指"女"性，"册"象形为阑干（栅栏）。合之扣底"姗"。

月斜星疏雁阵归（8画字）　　　　　　　　炙

注："月斜"取字象形为"夕"，"星疏"取势象形"丶丶"，"雁阵"取物象形为"人"。组合得到谜底"炙"。

方舟一叶逐东流（8画字）　　　　　　　　沼

注："方"取其形为"口"。刀，小船，舟也。《诗经·卫风·河广》："谁谓河广，曾不容刀。"郑玄笺："小船，刀。"逐，去掉。

"流"字的东面（㐬）去掉后，余"氵"。"口、刀、氵"组合得到谜底"沼"。

双双相会残月斜（8画字） 罗

注："双"者为"二"，"双双"则是"四"（罒）。夕：取"月"字形损、欹斜之势。组合得到谜底"罗"。

女锁深宫落凡尘（8画字） 沿

注：女，喻指水（氵），"深宫"依势得"口"。以"、"象形尘埃，"凡"字落去一点，余"几"。组合得到谜底"沿"。

在水一方独垂钓（8画字） 河

注："水"变为"氵"，"一"明用，方形为"口"，"亅"象形钓钩。组合得到谜底"河"。

司令口一张，七上八下绑起来（8画字） 练

注：令"司"字中的"口一"张开掉，剩下"丁"，再与"七""八"及"绑"字起始部分的"纟"组合得到谜底"练"。

平定四方隐山中（8画字） 画

注："平"指一横"一"，"定"为确定，"四方"指四个方形，合起来是"田"字，再隐去"山"字中间的一竖"丨"得到"凵"。组合得到谜底"画"。

"春水初生乳燕飞"（8画字） 沭

注："春"属"木"，"水"转作"氵"，一点"、"象形初生之乳燕。组合得到谜底"沭"。面句为唐•李贺《南园十三首•其八》诗句。

身为中国人，就该多出点力（8画字） 金

注："为"字明用，"国"字的中间是"玉"，"人"字明用；从"为"字中剔除掉"、力"，只剩下"、"，与"人玉"组合得到谜底"金"。

共度一生结同心，相守山水之间也（8画字） 制

注："午"字与"一"相共是"生"，"同"字中间了

结(去掉)后为"冂","山水"两字的中间分别是"丨丨",组合得到谜底"制"。

柳沐春光湖似镜（8画字） 泖

注：离合、提义双扣。"柳""沐"二字中的"木"（春）字没了（光）余"氵"和"卯"，组合得到谜底"泖"。"湖似镜"提义。泖，水面平静的湖荡。宋•何薳《春渚纪闻》卷七："江左人目水之停滀不湍者为泖。"

9画字

老师面前先不选（9画字） 追

注：老的（繁体）"师"字写作"師"，前面部分为"𠂤"，"选"字中没有"先"是"辶"。组合得到谜底"追"。

改天一定表心意（9画字） 春

注：将"天"字改为"夫"，"一"明用，"意"字的中心部分为"日"，组合得到"春"。

魂若云飘心有愧（9画字） 鬼
注：双扣。"魂"字中的云飘走剩下"鬼"，
　　"鬼"字有了"心"（忄）就是"愧"。

莫非意下人晕头（9画字） 是
注：提义、离合双扣。莫"非"（不是"非"）
　　提示"是"的意思。"下人"明用，"晕"
　　字的头上为"日"，组合得到谜底"是"。

如果确定得三分（9画字） 姮
注："如"字确定后，"三"字分别插进去，
　　组合得到谜底"姮"。

洒后一别唯自怜（9画字） 洒
注：离合、提义双扣。"酒"字后面的"一"字
　　离别后即为"洒"。洒，表自称，相当于
　　咱、我。怜，作明白的意思，提义底字。

一旦出事事就大（9画字） 春
注："一旦大"三字皆明用，组合得到谜底
　　"春"。事，作动词"使用"。

山悬瀑布画中来（9画字）界

山悬瀑布画中来（9画字）　　　　　　　　界
注：将"介"象形为山头悬挂着的瀑布，"画"字中间部分为"田"，组合得到谜底"界"。

夹带花生未送达（9画字）　　　　　　　　烂
注：将"夹"字花开"二火"，"送"字中没有了"达"字剩下"辶"，组合得到谜底"烂"。

"盘纡阑楯临高台"（9画字）　　　　　　　费
注：盘纡意思为曲回。阑楯即栏杆。全谜象形，用"弗"象形曲折、纡回的栏杆，"贝"象形为高台，组合得到谜底"费"。面句为唐·温庭筠《雍台歌》诗句。

月移阶前梅枝瘦（9画字）　　　　　　　　娜
注："月"字移动成"刖"，"阶"字的前面为"阝"，组合得到谜底"娜"。梅枝扣"女"，是采用国画中画梅枝多有交叉的"女"字形状。

下面行动需调整（9画字）　　　　　　　　待
注：将"下、行"两字的结构进行调整，组
　　合得到谜底"待"。面，见到。

一日之计夫何求（9画字）　　　　　　　春
注："一日夫"三字皆明用，组合得到谜底
　　"春"。计，作动词，谋划的意思。

镜中白发显高寿（9画字）　　　　　　　春
注：镜子中看到的"白"字，是镜像（反
　　过来）的，"寿"字的上面（高处）为
　　"耂"，组合得到谜底"春"。

松柏错落凝芬芳（9画字）　　　　　　　香
注：移形、提义双扣。将"松"的结构移动
　　调整，得到谜底"香"。再用"芬芳"
　　提义"香"的气味。

组织员工一起去（9画字）　　　　　　　贵
注：将"员工"两字中起（去）"一"，组合
　　得到谜底"贵"。

最先奉上古酿醇（9画字）　　　　　春

注：离合、提义双扣。"最"字的起先部分
　　 为"日"，"奉"字的上面为"夫"，
　　 组合得到谜底"春"。古代酒的别称是
　　 "春"，所以用"古酿醇"提义。

离别之后就变心（9画字）　　　　　恼

注："离"字将后面部分离（去）掉，剩下"亠
　　 凶"，"心"变作"忄"，组合得到谜
　　 底"恼"。

用了离合扣出口（9画字）　　　　　挪

注：将"用"字分离为"𠃍""丨"，把"丨"
　　 与"了"合为"卩"，"扣"字出掉"口"
　　 得到"扌"，组合得到谜底"挪"。

知心爱人会生活（9画字）　　　　　牵

注："爱"字的中心取"冖"，"人"字明用，
　　 再将"生"字活动为"牛一"，组合得
　　 到谜底"牵"。

三分明月朗琴心（9画字）春

三分明月朗琴心（9画字） 春

注："三"字明用，分离出"明"字中的"月"字，剩下"日"，"琴"字的中心为"人"，组合得到谜底"春"。朗，明晰。

心爱的人，相伴度一生（9画字） 牵

注："爱"字的中心取"冖"，"人"字明用，与脱离了"一"字的"生"组合得到谜底"牵"。度，脱离。

滩头烈焰腾空起（9画字） 冽

注："滩"字的前头是"氵"。"烈"字之焰（火部，即"灬"）空掉，剩下"列"。组合得到谜底"冽"。

眺望眉月恰当头（9画字） 省

注："眺望"会意为"目"。"眉月"取"丿"象形。"当"字头部为"丷"。组合得到谜底"省"。

幽兰一一山中隐（9画字） 兹
注："幽兰"两字中的"一一山"隐去，将剩下的"幺幺艹"组合得到谜底"兹"。

自喻为芥粟（9画字） 省
注："自"字明用。芥，芥子；粟，小米也。均喻微"小"之意。组合得到谜底"省"。

西山雄踞村庄后（9画字） 峙
注："西"指示方位。"山"明用。雄踞，取势也。"村、庄"二字的后部分别为"寸"和"土"。合之扣底。

奉献须要大一点（9画字） 南
注：以面补底。奉，显也。底字要显现作"献"字，必须要"大"和一点"丶"来补之。

窗前残月含羞出（9画字） 茗
注："囗"象形窗。"夕"为残损之"月"。"含羞"借指含羞草（艹），组合得到谜底"茗"。

常昊这一着,变化无常(9画字)　　　春
注:常昊,著名围棋手。"昊"字加上"一"
　　字,进行变化,组合得到谜底"春"。
　　用"无常"自动抵消掉谜面的首字"常"。

此画形散乱,还得勤用功(9画字)　　革
注:移形、离合双扣。将"画"字的结构打
　　乱,重新组合为"革";"革"字要变成
　　"勤"字,用"功"字补上即可。

禁区外斜线传中,制造点球(9画字)　蚁
注:禁掉"区"字的外框得到"乂",斜线为
　　"丿","中"字明用,"点"转换成"丶",
　　球用"丶"象形,组合得到谜底"蚁"。

慌忙离去儿远行,一旦归来还断肠(9
画字)　　　　　　　　　　　　　草
注:离合、提义双扣。将"慌"字中的"忙"离
　　去,再将"儿"行走掉,只剩下"艹丨",
　　"旦"字明用,组合得到谜底"草"。"断
　　肠"为断肠草,暗示谜底为"草"本植物。

10画字

九九话重阳（10画字） 课
注：九九，相加为十八，合之作"木"。话为"言"（讠），阳为"日"，"重"表示重叠、叠加。组合得到谜底"课"。

审计百般出错（10画字） 诸
注：审，审视。将"计百"两字的笔画、结构进行移位、错落，组合得到谜底"诸"。

雁儿在林梢（10画字） 株
注：雁儿，象形"人"字。"林"字明用。梢，树上也。组合得到谜底"株"。面句为台湾作家琼瑶的小说名。

背后无人暗出千（10画字） 乘
注："背"字后面的"月"字无了，剩下"北"，"人千"两字明用，组合得到谜底"乘"。

香如故兮杳无影(10画字) 敂

注:将"香故"两字中的"杳"字去掉(无
　影),组合得到谜底"敂"。

残花相映秋雨冷(10画字) 乘

注:残花,常常指"花"字的一瓣"七",
　形近为"匕",相对映出影,得到"北"
　字。"秋雨冷"会意为"秋"字遇冷雨
　则"火"灭,剩下"禾"。将"北"组
　合到"禾"字中间,得到谜底"乘"。

布什同伙假潇洒(10画字) 倜

注:离合、提义双扣。布什,美国前总统。
　将"什同"两字结构调整后,得到谜
　底"倜"。假,借指。潇洒,提义谜底
　"倜"。倜,风流潇洒。

晨光一出樱桃红(10画字) 唇

注:离合、提义双扣。"晨"字中光掉
　"一",剩下"辰口",组合得到谜底
　"唇"。樱桃红,提义借指樱桃小口。

打完之后套近乎（10画字）　　　　　　　逝

注："打"字后面部分的"丁"完了，剩下
　　"扌"，套到"近"字里面，得到谜底
　　"逝"。

写出口号似空洞（10画字）　　　　　　　窍

注：离合、提义双扣。"写"是动词。出去
　　"口"的"号"字，剩下"丂"；似，
　　好像，相似，表示"空"字的字形有差
　　异，组合得到谜底"窍"。再用"洞"
　　来提义谜底"窍"字有"洞"的意思。

借助双手打比方（10画字）　　　　　　　哥

注：借谜面补谜底。将谜底拆为"丁丁口
　　口"，由谜面借来双手"扌扌"，就会
　　得到两个"打"和两个"方形"（口）。

离间吕布丁原耳（10画字）　　　　　　　啊

注：将"吕"字离间成两个"口"，"丁"
　　字明用，"耳"转为"阝"，组合得到
　　谜底"啊"。

见到小三别发火（10画字）　　　　　　泰
注：谜底由"小三火"组成。别，指将"火"
　　字分离。

苦难之中见真心（10画字）　　　　　　值
注："苦难"两字的中间部分为"十亻"，"真"
　　字的心为"且"，组合得到谜底"值"。

两人一起参如来（10画字）　　　　　　娲
注：将"两"字中的"人一"起掉，掺进"如"
　　字中，组合得到谜底"娲"。

侵云雁阵怀风标（10画字）　　　　　　套
注：雁阵象形为"人"；风标，是指气象
　　图中，表示风向的图标"F"；"云"
　　字明用。组合得到谜底"套"。

拳头划出势力圈（10画字）　　　　　　挚
注："拳"字头上的"夹"被划出，剩下
　　"手"，"势"字中的"力"圈掉后剩下
　　"执"。组合得到谜底"挚"。

提前一手点三三（10画字） 挚

注："提"字的前面是"扌"，"手"字明用。点转化为"丶"，"三三"相乘得到"九"，组合得到谜底"挚"。谜面中的"点三三"为围棋用语。

设计相同换思路（10画字） 调

注：离合、提义双扣。将"计同"两字的结构调整后，组合得到谜底"调"。用"换"字提义谜底"调"有调换的意思。

口述要点效率高（10画字） 速

注：移形、提义双扣。将谜底"速"看作"口木辶"，其要成为"口述"就要加上一点"丶"。"效率高"提示谜底"速"字的含义。

吕布横行太张狂（10画字） 哭

注：将"吕"字横放，"太"字张开，组合得到谜底"哭"。

网中传载六年头（10画字） 效
注："网"字的中间取"ㄨㄨ"，"六"字明
　　用，"年"字的头为"ㄨ"，组合得到
　　谜底"效"。

夏天先要多补水（10画字） 酒
注："夏"字的天头为"一"，"要"字的先
　　前部位是"西"，再补上"水"（氵），
　　组合得到谜底"酒"。

一下扑空露后背（10画字） 捕
注：拆底就面。将谜底"捕"字中的"一"
　　字下掉，"扑"字空掉，剩下就是"背"
　　字后面的"月"字。

长空欲坠兮疏雁断（10画字） 窍
注："长"转作动词生长，"空"字明用，坠
　　落掉"兮"字上面象形为疏散开的雁
　　阵的"八"剩"丂"，组合得到谜底
　　"窍"。

应当自省多一些（10画字） 柴

注：当（dāng）转作动词当（dàng），典当。当（dàng）掉了"自"的"省"字，剩下"小"。多（有）了"一"才能成为"些"；反之，"些"没有"一"，还剩下"此一"，与"小"组合得到谜底"柴"。

分明心虚形异常（10画字） 脂

注：将"明"字分开为"日月"，"虚"字的心为"七"，形状异常指将"七"转化为"匕"，组合得到谜底"脂"。

一丈开外先哆嗦（10画字） 哽

注："一丈"两字明用，"哆嗦"两字的先前部分是"口口"，组合得到谜底"哽"。

败后退守墙角下（10画字） 圆

注：将"败"字后面的"攵"退出来，剩下"贝"，与"墙"字下角的"囗"组合得到谜底"圆"。

天上人间心相连（10画字） 恐

注："天上"可以看成一个"工"字，"人间"会意为"凡"尘，"心"明用。合之得出谜底"恐"。

"春寒细雨出疏篱"（10画字） 䓍

注："春"属"木"。寒，拔取也。《小尔雅·广诂》："寒，取也。"细雨会意为"氵"。"艹"象形疏朗的篱笆。组合得到谜底"䓍"。面句为唐·杜甫《风雨看舟前落花戏为新句》诗句。

岭边草桥断行踪（10画字） 崂

注："岭"会意为"山"，"草"用"艹"，"一"象形为桥，"边"字断去行踪（辶）剩下"力"。组合得到谜底"崂"。

花影残月入眼来（10画字） 眮

注：花影，"匕"也。残月，取"月"之形损，得到"尸"。眼，"目"也。组合得到谜底"眮"。

风声瑟声伴雁声（10画字） 艳

注：谐音扣合。谜底"艳"字可拆为"丰色"，"丰"与"风"同声，"色"与"瑟"同声，组成"艳"字，正好又与"雁"同声。

从小不正，于是必反（10画字） 铃

注：将"钅"和"令"的上面看做"从"，"令"的下面是一个横着（不正）的"小"，"钅"的下面是一个反过来的"于"。

借取西川，一直不归（10画字） 偖

注：将"借"字与"川"字西边的"丿"合起来，再去掉一直"丨"，组合得到谜底"偖"。

合作改观了，然后就变脸（10画字） 烟

注：将"合"字改变结构为"因"，将"然"字后面的"灬"变为"火"，组合得到谜底"烟"。

11画字

书札弃一处（11画字） 梳
注："书"作动词书写，"札"字明用，将"弃"下边"廾"中的"一"处理掉，组合得到谜底"梳"。

"一树海边花"（11画字） 梅
注：树，"木"也。"海"边取"每"。花，限制谜底的字是花卉的意思，摒除了"沐"字。面句为唐·王建《赠谪者》诗句。

东风轻拂柳枝头（11画字） 彬
注：象形、方位扣合。将"彡"象形为东方吹来的风，"柳枝"两字的前头均为"木"，组合得到谜底"彬"。

改朝换代显生机（11画字） 萌
注：移形、提义双扣。将"朝"字的结构"十日十月"重新组合，得到谜底"萌"。"显生机"提义。

画面错落大散关(11画字)　　　　　兽
注：将"画"字的结构重组，"关"字中散失掉
　　"大"，剩下"丷一"，组合得到谜底"兽"。

见了云长先投降(11画字)　　　　　掷
注：借代、方位扣合。云长，借指三国名将关
　　云长，扣出"关"，"投降"两字的先前部
　　分为"扌阝"，组合得到谜底"掷"。

侧目而视乱签名(11画字)　　　　　啰
注：移形扣合。将"目"字侧转为"罒"，"名"
　　拆开成"夕口"，组合得到谜底"啰"。

临近五点终回升(11画字)　　　　　商
注：五点，指五个"丶"，"回"字最终的笔
　　画"一"提升到上面变为"一冂"，与
　　五个"丶"组合得到谜底"商"。

去了十月心牵挂(11画字)　　　　　悬
注："去"字没了"十"剩下"厶"，"月心"
　　两字明用，组合得到谜底"悬"。

露垂枝头开一朵（11画字）　　　　　　　梵

注：将"、"象形为露珠，"枝"字的前头为"木"，再将"朵"字拆开，组合得到谜底"梵"。

平安转移出重围（11画字）　　　　　　　啬

注：移形、象形扣合。将"平"字旋转180°，"回"象形为两重包围圈，转移后的"平"字已经在包围圈（回）的外面，所以得到谜底"啬"。

谋略在先始取胜（11画字）　　　　　　　谓

注："谋略"两字的先前部分为"讠田"，"胜"字的开始部分为"月"，组合得到谜底"谓"。

心系南京重阳会（11画字）　　　　　　　累

注："系"字的中心部分为"幺"，"京"字的南边是"小"，"重阳"别解为重复的两个"日"合成"田"，组合得到谜底"累"。

先唱高音要小心（11画字）　　　　　惊

注："唱"字的前面为"口"，"音"字的高处取"亠"，"小"字明用，"心"转变为"忄"，组合得到谜底"惊"。

四方团结人心定（11画字）　　　　　偲

注：四个方形团结在一起，得到"田"，"人"变为"亻"，"心"明用，组合得到谜底"偲"。

周围簇拥总舒心（11画字）　　　　　掸

注："周"字外围取"冂"，意思是有了"冂"簇着就是"拥"，反之即"拥"去掉"冂"剩下"扌丷"，"总"字舒展开了"心"留下"丷口"，组合得到谜底"掸"。

一起扫走胜利品（11画字）　　　　　捷

注：将"扫"字后面"彐"中的"一"起（取）掉为"ヨ"，与"走"字组合得到谜底"捷"，再用"胜利"来提义"捷"字的含义。

有心直接入后宫(11画字)   患

注:"心"明用,将直"丨"连接到"宫"字后边的"吕"中成为"串",再与"心"字组合得到谜底"患"。

众人解开北斗阵(11画字)   淡

注:将"众"字中的"人"字解开,剩下"从","北斗阵"会意为北斗七星,即将七星象形为七个"丶",组合得到谜底"淡"。

"庭前落尽梧桐"(11画字)   麻

注:"庭"字的前面为"广",落掉"梧桐"二字的尽处(最后)部分的"吾、同"剩下两个"木"字,组合得到谜底"麻"。面句为白朴散曲【越调】《天净沙》句。

含羞入宫星光疏(11画字)   营

注:含羞,草名(艹)。"星"象形为一"丶"。"光、疏",均有去掉的意思。"宫"字去掉"丶"后剩下"冖吕",与"艹"组合得到谜底"营"。

样本错了须扣留（11画字）　　　　　　　掸

注：将"本"字的结构错落成"丷丨"，与
　　"扣"字组合得到谜底"掸"。

依旧这般一起来（11画字）　　　　　　　谜

注：旧时"这"字为"這"，"一"被起（拿）
　　掉后的"来"字为"米"，组合得到谜
　　底"谜"。

一片春色逐水流（11画字）　　　　　　　梳

注：春，"木"也。逐，驱逐。"流"字逐去
　　"水"余"㐬"。组合得到谜底"梳"。

人到白头悲心起（11画字）　　　　　　　徘

注："人"转为"亻"，"白头"为"丿"，
　　"悲"字之"心"起（去）掉后，余
　　"非"。组合得到谜底"徘"。

含羞亦庄重，唯闻笑声轻（11画字）　萧

注：会意、提音双扣。含羞，指的是含羞
　　草，所以得到"艹"；"庄重"会意为

严"肃"。"笑声轻"是指"笑"字的读音由原来的四声（xiào）转为读一声（xiāo），与谜底"萧"的读音一样。

"在地愿为连理枝"（11画字）　　　埜

注："地"会意得到"土"，"连理枝"即两个"木"相连为"林"，组合得到谜底"埜"。面句为唐·白居易《长恨歌》诗句。

别有用心，阻隔两岸三通（11画字）　菲

注："用"字的中心部分为"十"，别（扭转）为"艹"，"丨丨"象形为两岸，将"三"字从中间阻隔开来，组成"非"，再与"艹"组合得到谜底"菲"。

初恋物翻开，芳心儿先乱（11画字）　龔

注："恋物"两字的初始笔画为"丷"，"开"字垂直翻转成"廾"，"芳"字的中心为"一"，"儿"明用，"乱"字的起先笔画为"丿"，组合得到谜底"龔"。

恐怕是会意,小心分高下(11画字) 惊

注:提义、离合双扣。谜底"惊"字有恐惧、害怕的意思。"小"字明用,"心"转为"忄",分离掉"高"字下面的"冋"剩下"亠口",组合得到谜底"惊"。

若佳人不在,似孤雁翻飞(11画字) 涯

注:"佳"字中的"人"(亻)不在了,剩下"圭",以"丶"象形一只孤雁,"厂"好似一个水平翻过来的"飞"字,组合得到谜底"涯"。

先请精选先别急,急没用(11画字) 谜

注:"请精"两字的前面部分为"讠米","选"字中的"先"字别离出来剩下"辶","急没用"抵消掉谜面中的闲字"急",将"讠米辶"组合得到谜底"谜"。

眉月一钩照西楼,疏星两点水平流(11画字) 悉

注:象形、方位、移形扣合。分别将

"丿""丶"象形为"眉月"和"两点疏星","楼"字的西部为"木",再将"氵"平放在一钩"乚"上合成"心",组合得到谜底"悉"。

溪边小桥凌空架,枝头双莺翩翩舞(11画字)　　　　　　　　　　　　　深

注:"溪"边为"氵"。"一"象形小桥。"凌空架"取势也。"枝"头为"木",两点象形一对黄莺鸟。组合得到谜底"深"。

12画字

并非直接就认识(12画字)　　　　谦

注:将谜底"谦"中的"并"排除掉,剩下"讠コ八",再在"コ"的左边补上一直"丨"成为"口",这样就可以认出"识"。

改革先得有胆识(12画字)　　　　脾

注:改革(变化)"得"字的前部"彳",与"胆"字组合,得到谜底"脾"。

不得高声泪暗收（12画字） 湄

注：没有得到"声"字高处（上面）的"士"，剩下"尸"，将"泪"字的"氵"和"目"分别镶嵌在左右，组合得到谜底"湄"。

合作双方先务实（12画字） 喀

注："双方"为两个方形的"口"，"务实"两个字的前面（先）分别是"夂"和"宀"。组合得到谜底"喀"。

护送先主到西域（12画字） 握

注：从"护"字中送走"丶"（"主"字的先部），剩下"扌、尸"，与"到"字西域（西边）的"至"组合得到谜底"握"。

前前后后未想好（12画字） 善

注：离合、提义双扣。"前"字的前面为"丷一"，"后"字的后面为"口"，"未"在十二生肖中对应"羊"，组合得到谜底"善"。"想好"提示底字有善良、友善的含义。

花开无人终留梦（12画字）　　　　　　　　葬

注："花开"两字中没有了（无）"人"
（亻），将"开"字散开，得到"艹、
七、一、卄"四个部件，再与"梦"字
的最终部分"夕"组合得到谜底"葬"。

迷失方向人乱来（12画字）　　　　　　　　奥

注：迷失了方形（囗）的"向"字为"冋"，
"人"明用，"来"字乱（拆）为"一、
米"，组合得到谜底"奥"。

语意含羞犹盼望（12画字）　　　　　　　　萢

注：会意、借代扣合。"语意"用"白"（念
白、道白）来表示，"盼望"用"巴"
（巴望）来表示，"含羞"是指含羞草，
所以得到"艹"，组合得到谜底"萢"。

一并散乱同叫难（12画字）　　　　　　　　喃

注：移形、提音双扣。将"并"的结构打散，
把"同"字的结构乱开，组合得到谜底
"喃"。"叫难"提示底字与"难"同音。

春色满人间（12画字） 媒

注：春，"木"也。《礼记》："东方曰春。"而"木"主"东方"，故以"春"代"木"。色，女也。《尚书•五子之歌》："内作色荒，外作禽荒。"孔传："色，女色。"人间，尘世也。"木""女""世"组合得到谜底"媒"。

女友高兴乐起来（12画字） 媛

注："女友"两字明用，"兴"字的高处取"ツ一"，"乐"字的起笔为"丿"，组合得到谜底"媛"。

左有缺口右先补（12画字） 裙

注："口"字的左边缺了为"コ"，"右"字明用，"补"字的先前部分为"衤"，组合得到谜底"裙"。

一如既往传篮下（12画字） 媪

注："一"和"如"两字明用，"篮"字的下面为"皿"，组合得到谜底"媪"。

偶逢老迈终断肠（12画字） 遇

注：提义、离合双扣。"偶逢"提示谜底有相逢的含义。老"迈"提示以前老的（繁体）"迈"字写作"邁"。终，指终结，作减损词。"断肠"借指断肠草，即从"邁"中减掉"艹"，得到谜底"遇"。

香山日出尤可观（12画字） 秫

注：将"香山"中的"日"字剔除，与"尤"字组合得到谜底"秫"。

显而易见，关系不大（12画字） 普

注：易，改变。将"显"字的结构调整，"关"字不要"大"，剩下"丷一"，组合得到谜底"普"。

"只将残梦伴残灯"（12画字） 焚

注：将"梦"字残去一半取"林"，将"灯"字残去一半取"火"，组合得到谜底"焚"。面句为宋•陆游《残梦》诗句。

杨柳枝头叠春意（12画字）　　　　森

注："杨""柳""枝"三字的头前均为"木"，
故得三个"木"。"叠春意"提义。
木＝春，重叠之。组合得到谜底"森"。

十分体贴有表示（12画字）　　　　谢

注：将"十分"换算成一"寸"，"体"指"身"
体，"表"为表白、言（讠）。"示"作显
示的意思。"寸""身""讠"组合得到谜
底"谢"。

云开一线吐残月（12画字）　　　　喔

注："云"字除开一线（一），得"一厶"，
"吐"拆开为"口、土"，"残月"取形
损得"尸"。组合得到谜底"喔"。

画中梅枝半掩映（12画字）　　　　棵

注："画"字的中间为"田"。"梅"与"枝"
字皆掩去一半，得"林"也。组合得到
谜底"棵"。

夜半听雨人方归（12画字）　　　　　　　游

注："夜半"为"子"时。"听"在此作观看之意。《战国策·秦策一》："王何不听乎？"高诱注："听，察也。""雨"会意为"水"（氵）。"人方"二字明用。组合得到谜底"游"。

宫中拜月寄相思（12画字）　　　　　　　鹃

注："宫"字中间为"口"，"月"明用，"相思"指相思"鸟"，组合得到谜底"鹃"。

湖中倒映苇草影（12画字）　　　　　　　韩

注："湖"中为"古"，倒映之作"卓"。"苇"之"草"（艹）隐去得"韦"。影，与"隐"通义。组合得到谜底"韩"。

湖光水月寄相思（12画字）　　　　　　　喜

注："湖"字没有（光）"水"和"月"，余"古"字。相思，"豆"也。组合得到谜底"喜"。

自古离别系相思（12画字）　　　　　喜

注：将"古"字分离为"十"和"口"，"相思"
　　借指相思"豆"。组合得到谜底"喜"。

绿柳半垂拂秋波（12画字）　　　　　绱

注：将"绿柳"二字各取一半，即"纟、木"；
　　秋波，眼（目）也。组合得到谜底"绱"。

慢移罗裙出闺门（12画字）　　　　　街

注：慢移罗裙，比喻女子"行"走之仪态，
　　出掉"闺"字的"门"，剩下"圭"。
　　组合得到谜底"街"。

遥望两人岸边坐，水波荡漾留倩影（12画字）　　　　　滋

注："丷"象形两人。"一"象形岸边。"水"
　　转为"氵"。"兹"象形两人倒映于荡漾
　　的水波中的影子。组合得到谜底"滋"。

13画字

陈毅总结分三点（13画字）　　　　　　意
注：提音、离合双扣。首先提示谜底字的读
　　音与"毅"相同，"总""三""、"三
　　部分经过调整，组合得到谜底"意"。

梦断黄昏山无痕（13画生僻字）　　　麻
注：将"梦"字中的"夕"（黄昏）断掉，剩
　　下"林"，"痕"字中的"艮"（山）没
　　了，剩下"疒"，组合得到谜底"麻"。
　　艮，《周易》八卦之一，代表"山"。

秋波一转春心动（13画字）　　　　　楝
注："秋波"指眼睛，会意为"目"。转动为
　　"四"，"春"借代成"木"。"心"转
　　化为"忄"。组合得到谜底"楝"。

果断一回先别急（13画字）　　　　　想
注：将"果"字断开为"日木"，"一"字回
　　到"日"字中，成为"目"，"急"先前

部分的"刍"别离掉,剩下"心"。组合得到谜底"想"。

图解总结三分球(13画字) 意

注:提义、离合双扣。用"图"谋的意思来解释谜底"意"字的意图。"球"用"、"来象形,与"总""三"组合得到谜底"意"。

从来和亲多离别(13画字) 辞

注:补形、提义双扣。谜底的"辞"字拆为"千口辛",补上"从"字的两个"人"字,可以组成"和亲"。"多别离"则提义"辞"字有别离的意思。

明月清冷秋分近(13画字) 盼

注:将"明"字中的"月"字清掉,剩下"日";"冷秋"会意为"秋"字中无"火",余下"禾","分"字明用。组合得到谜底"盼"。

从来和亲多离别（13画字）辞

白头偕老共患难（13画字） 辞

注："白"字的头为"丿"。偕，偕同。老、古，同义互扣。辛，艰辛、痛苦，是"难"之义也。组合得到谜底"辞"。

一定要先拿大奖（13画字） 酱

注："一"字明用，"要"字的先前部分为"西"，再将"奖"字中的"大"字拿掉，剩下"丬夕"，组合得到谜底"酱"。

雨后点点两行雁（13画字） 零

注："雨"明用，点点，即两个点"、、"，两行雁阵取象形"人フ"。组合得到谜底"零"。

逆水行舟映青光（13画字） 溯

注："逆"字中的小舟"辶"（象形）行走后，剩下"屰"，"水"转为"氵"，"青光"借指"月"亮。组合得到谜底"溯"。

画蝶翩翩戏春雨（13画字） 漆

注：将"亦"象形国画中的蝴蝶。春＝木，
雨即"水"（氵）。组合得到谜底"漆"。

只缺八字配五行（13画字） 衙

注："只"字缺掉"八"余"口"，"五行"
明用，组合得到谜底"衙"。

画中复又寄相思（13画字） 鼓

注："画"的中间为"十"字。复，重复，
得两个"十"。"又"明用。"相思"借
指相思"豆"。组合得到谜底"鼓"。

春归溪边蝶弄影（13画字） 漆

注：春＝木。"溪边"取"氵"，"亦"象形
蝴蝶的身影，组合得到谜底"漆"。

一位留下当经理，耳闻言词别在意（13画字） 辞

注：离合、提音、提义三扣。"一位"两字
明用；"留"字的下面为"田"，"经理"

别解为经过整理,"田"字经过整理后变为"叶"。组合得到谜底"辞"。"耳闻言词"提示谜底"辞"的读音与"词"相同;"别在意",提示谜底"辞"有离别的意思。

14画字

君临寿山赏秋色(14画字)   碧
注:君,表示君王,得一"王"。寿山,借指著名的寿山石,得一"石"。五色与五季相互对应,白色对应秋色,得到"白"。组合得到谜底"碧"。

登上天空加油站(14画字)   演
注:"天空"两字的上面为"宀穴","油"字明用,组合得到谜底"演"。

柳叶舒卷形各异(14画字)   榴
注:将"柳叶"两字移形、调整,组合得到谜底"榴"。

口吹灯火两处暗（14画字）　　　　　　　歌

注："口吹"两字明用。"灯火暗"为"丁"，
　　两处暗，则得到"丁丁"。组合得到谜
　　底"歌"。

双方联合进出口（14画字）　　　　　　　遭

注："双方"意思为两个方形，合为"曰"，
　　"进"字明用，再出现一个"口"，组
　　合得到谜底"遭"。

四面环山一面柳（14画字）　　　　　　　榴

注：将"田"字看作是四个"山"字回环抱
　　合在一起，"柳"字明用，组合得到谜
　　底"榴"。

七星残局先师解（14画字）　　　　　　　漏

注：将谜底"漏"字中的七个"、"象形为
　　七颗星。"师"字的先前部分"丿"被解
　　掉，剩下"币"，与七个"、"组合得
　　到谜底"漏"。

一曲听完后,暗然失声(14画字)　　嘈

注:"一曲"两字明用,"听"字完结了后面的"斤"剩下"口","暗"字中的"声"(音)失去,剩下"日",组合得到谜底"嘈"。

细看枝头雁阵排(14画字)　　缫

注:"细"字明用,"枝"头为"木","巛"象形雁阵排列,组合得到谜底"缫"。

春雨宜人潇潇下(14画字)　　漆

注:春=木。"雨"为"水","人"明用,"潇潇下"以"氵"象形雨点飘洒。组合得到谜底"漆"。

恰似画帆穿小桥(14画字)　　嫦

注:恰似,"如"也;画帆,"巾"之象形;"小"字明用;桥,象形"冖"。组合得到谜底"嫦"。

15画字

支开下人开始聊（15画字）　　　　　　趣
注：将"支"字拆开成"十又"，"下人"两
　　字明用，"聊"字的开始部分为"耳"，
　　组合得到谜底"趣"。

小窗依稀藏春意（15画字）　　　　　　褒
注：将"口"字象形为一个小窗，把"依"
　　字稀散开来，"春"与五行中的"木"
　　相互借代对应，组合得到谜底"褒"。

共同和谐有亮点（15画字）　　　　　　稿
注：将"同和"两字进行谐调，再与亮出来
　　的一个点"、"组合得到谜底"稿"。

东西湖边柳色青（15画字）　　　　　　潲
注："湖"字的东西（左右）两边分别为"氵"
　　和"月"，"柳"树为"木"，"青"用五
　　色与五行借代为"木"。组合得到谜底
　　"潲"。东西湖，武汉地名。

眉月双雀枝头隐,清泉一泓陌边流(15画字)　　　　　　　　　　　　潘

注:"丿"象形眉月,"丷"象形双雀,"枝"字的前头是"木",清泉为"水"(氵),陌为"田"。组合得到谜底"潘"。

点点滴滴总焦心,一番离乱,空锁闺门(15画字)　　　　　　　　　　　　墨

注:"点点滴滴"为四个"丶"合成的"灬","总"字中的"心"焦掉了,剩下"丷口","闺"字中的"门"空掉,剩下"圭",组合得到谜底"墨"。

多笔画字

君心所系在四方(多笔画字)　　　　　　　　　　　　䦷

注:君,表示君王,得到"王"。"四方"别解为四个方形的"口"。在"王"字的中心,分布上四个"口",组合得到谜底"䦷"。

一曲相思泪眼迷（多笔画字）　　　　　　　澧

注："曲"明用。相思，"豆"也；迷，遮也；
　　　"泪"字之"眼"（目）遮去，余"氵"。
　　　组合得到谜底"澧"。

一心反明竞向前（多笔画字）　　　　　　　臆

注："心"字明用，"反明"即将"明"字的左
　　　右结构"日月"对调为"月日"，"竞"字
　　　的前面取"立"，组合得到谜底"臆"。

重阳共赏残月影（多笔画字）　　　　　　　翼

注："重阳"别解为两个"日"，得到"田"
　　　（双"日"重叠）。"共"明用。残"月"
　　　形损为"习"，叠影成为"羽"。组合
　　　得到谜底"翼"。

眼前春雨生寒意（多笔画字）　　　　　　　霜

注："眼"前是"目"，"春"借代"木"，
　　　"雨"明用，组合得到谜底"霜"。"生
　　　寒意"提示底字有寒冷之义。

大运选手,捉对拼杀(多笔画字)　　　攀

注:"大""手"两字明用,将一对"杀"字化成"ㄨㄨ木木",组合得到谜底"攀"。

蝴蝶终归了前缘(多笔画字)　　　蠡

注:将"蝴蝶"两字的后面归(走)去,剩下两个"虫";"缘"字前面的"纟"被了结后,剩下"彖"。组合得到谜底"蠡"。

作品赏析

开始下沉就报警(少笔画字)井

左右袒/赏析

谜文"开始下沉就报警"来源于生产过程的一句常用语,似是描写某观测场合上的一句提醒、警示语。谜人善于观察,能从工作生产的日常语言中发现谜眼,点铁成金,使之成谜。读者如未得谜法,可能看后云山雾罩,无从入手,有人甚至看谜底后犹不得其解,望谜兴叹。

现为试解:此谜是运用离合、提音二重扣合法门。"开"字始部为"一",将"一"在"开"字中"下沉",变为"井"字,至此,"开始下沉"已扣出谜底"井"。"就报警"三字又作何解?难道抛荒无用?其实不然,"井"字的读音为"jǐng",与"警"字音同,这里的"就报警"是用了灯谜的音扣法,即谜底为"警"字读音。

这种扣合字谜的方法,潮州谜家吴维风在《谈赋体字谜》中,将其归纳为"赋字提音",如"又托一叶寄知音(字)吱"即是。此类赋体字谜,就是在一般字谜的构谜规则下,针对底字的结构和底字的音、形、义,进一步铺述底字。本谜即采用的这种制谜手法,此法有利于避免灯谜多底,加强猜者对谜作的印象。我以为,此谜有生活化的谜文,不落俗套的离合手法,以及赋字提音谜法的娴熟运用,不论从哪一方面看,均允称佳制!

小心倒了,小心倒了,小心点!(少笔画字)予

蔡 芳/赏析

安全生产是国家的一项长期基本国策,是保护劳动者的安全、健康和国家财产,促进社会生产力发展的基本保证,也是保证社会主义经济发展,进一步实行改革开放的基本条件。因而,在生产第一线的施工现场特别强调要"小心"。"小心倒了,小心倒了,小心点!"指挥调度者的指令语带警示,读此谜面,如闻其声,如临施工现场。谜面语带双关,完全是笔画形态的描述,且看——

"小心"别解为"小"字的中心部位,即笔画"亅",将其倒下为水平状态就成了"一"。再来一个"小心倒了",显然又是个"一"。最后的"小心点",就是"小心"(亅)加个"点"(丶)。"一""一""亅""丶"调整组合,变身化蝶,"予"字即出。

此谜面句极具气氛渲染之力,是安规,是经验,也是忠告,为的是避免发生有害或不幸的事。此作运法设计极易将人引入会意扣合歧途,字素离合不露痕迹,大大出人意料之外,可谓巧构。

调动骏马驰八荒(5画字)发

丁培坤/赏析

"骏马,奔驰在辽阔的草原……"蒋大为演唱的《骏马奔驰保边疆》,熟悉的旋律,雄壮高昂的歌声在耳边响起,这是题面给我的联想。八荒也叫八方,指东、西、南、北、东南、东北、西南、西北等八个方向,指离中原极远的地方。后泛指周围、各地,四面八方遥远的地方,犹称"天下"。

边关狼烟四起，战火连天，需调动骏马猛将以驰援。题面画面感十足，也极富动感，几可看到金戈铁马，闻到吹角连营。

　　本谜之扣合，题眼全在一个"骏"字。通过"调、动、驰、荒"四个动词，围绕"骏"字施展庖丁之术，剥皮分筋，剔骨削肉。"骏"左边的"马"驰去余"夋"，再废弃其中间的"八"，则剩下"厶夂"。然这并不是一个独立的汉字，以之扣合也简单无奇，庸谜也。别忘了题面还有两个字："调动"。调动，其作用有如指挥官，既指挥把控全局，又参与最后决断。第一层作用，要求调动"骏"字的"马、八"，如何调动，则是"驰""荒"之责。第二层作用，调动"厶夂"的两个地方，一是把"厶"最后的一点"丶"调开一些，二是把"夂"开始的一撇"丿"拉长些许，如此，"发"字便跃然纸上了。"调动"一词，妙在"调"字。调，有"调动，使搭配均匀，使协调"之意。如此，"骏"的删减以及"厶夂"的调动才能做到有的放矢，适可而止，进退有度，左右有局。

明·陆时雍《诗镜总论》云："诗之佳，拂拂如风，洋洋如水，一往神韵，行乎其间。"以象形离合法而成的字谜，大多胜在刻画形象逼真，扣合机敏工巧。然谜面要处理得顺畅圆润，刻画得传神典雅，实非易事。熊君此谜正是于扣合机巧之处，点缀了些许值得回味的妙想神韵。是为佳作。

熊君于字谜一道独有专研，其作品往往匪夷所思，出乎意料之外，又在情理之中。其运思之妙，殆如琢石见玉，淘沙得金。正如会心居士所言之"随机宜，神变化，量度经营，有如裁缝集锦之妙"。

模拟演习得七分（5画字）母

丁培坤/赏析

在古今数以万计的字谜海洋里，绝大多数都是采取"平拆"的方法改造谜底，即按照字形天然拆字。这种"平拆"出来的谜作不是大同小异，暗合频出，就是结构简单，平淡无奇。近年来灯谜作者在巧拆上探索了一些新路,他们突破常规,别出心裁,出奇制胜。熊辉君就是其中的实践者,"中分法"即是其使用的方法之一。

"母"字是一个单一结构的独体字,以之为底创作字谜,思路通常是借助含有"母"部的字,通过增损法而成的。简单地说,就是通过对底字的"增",再从谜面文字示意的"损",最后回归底字。笔者在国粹网"中华灯谜库"的"灯谜检索"页,在谜底一栏输入"母",字数输入"1",然后"组合搜索"得到谜作24则。其中,谜面含有"母"字组成的字共有"海、梅、姆、悔、每"5个,谜作20则,其他手法的谜作仅有4则,其中就有熊君此作。

"母"字为底,平拆无门,增损无奇。作者另辟蹊径,通过"中分"之法,大胆改造谜底,硬是把一个独体字一分为二,拆成"习七"二部。题面七字,二实五虚。谜底"母"字,闪亮登场。本为孤家寡人,奈何阴阳二面。模拟扮演"习"貌,需要把"七"

隐身。表演形象逼真,观众大呼过瘾!

此谜谜面白描,略显平淡。妙在构思巧妙,拆字出奇。"母"分"习七",只是形似,并非事实。好在只是"模拟",更有示意"演"变。虽非象形,确很形象。刻画到位,惟妙惟肖。关联抱合辅助,龙套更见功夫。品此上品,有若葡萄美酒,酒香萦绕,醇美之味,自然灵气,化作无尽缠绵,不为饮酒只为陶醉。

每每提起心中事(6画字)竹

蔡建荣/赏析

以"竹"字为底材创作的字谜,数量可观,"国粹网"收录就达69个,而我独独喜欢这则字谜。

一、谜面之精巧。灯谜创作中谜面的拟定是很见作者功力的,因灯谜的独特艺术形式决定了谜面必须是高度凝练、浓缩的。短短几字,方寸之间见大千,这是最考验作者文字驾驭能力的。无论大雅也好,大俗也罢。谜面要求首先成文,其次自然,自然到毫不见斧凿痕迹;巧手偶得者更难,此谜当属后者。面句"每每提起心中事",通顺畅达,明白如话,看似随手所拈,恰到好处,实际上是作者千锤百炼始可得。

二、扣合之奇巧。分析此谜之扣合,当属方位法,扣合词:"提起""心","每每提起"即提取"每每"两字的开始(起先)部分,得"𠂉𠂉";"心中事"取"中事"的中心,得"丨丨",合为"竹"。扣法虽简,取词却十分考究、隐秘。方位法成谜中常见的是方位词很明显,让人一看就知,一猜就明,这样就失去了猜射过程中的乐趣。如何把方位词巧妙隐藏是谜人提高谜艺必须面临并要克服的难题,此谜"提起"在谜面中作动词,"说起,提到"的意思,扣合时转义为"提取起头"的意思,交代所取部件与方位。"心中",意思是"心里头",扣合时断读为"心/中",即取"心"为扣合方位词,"中"为实词。此谜迷惑猜者心智,考量猜者智力,大显若隐,手法老练,令人叹服。

查出木马,一一清除(6画字)吗

王楷波/赏析

现代社会科技发达,电脑手机等电子产品到处都是,随之而来的还有让人头疼的"病毒",高频出现的"木马"简直就是它们的克星和冤家。作者是位设计师,经常使用电脑,需要储存大量文件资料,对于木马自然熟悉,大概本谜就是诞生在查杀木马的过程中吧。"查"字"出"掉"木"字,再将"一一"二字"清除"掉,剩下"口"字,与"马"字组合,即为底字"吗",简简单单又特别贴近生活。

一江流水从此分(7画字)巫

柯克斌/赏析

"一江流水一江诗",古今多少事,都与江河分不开,最为悲壮的,莫过于荆轲将为燕太子丹刺杀秦王,高渐离击筑,荆轲和而歌曰:"风萧萧兮易水寒,壮士一去兮不复还!"易水作别,此去深入虎穴,将不复返,何等豪气干云!还有五代李煜的《虞美人》中句"问君能有几多愁?恰似一江春水向东流",道出了作者对故国的深深怀念,和内心如滔滔江水连绵不绝的悲愁和无奈,悔恨当初没有好好治理国家,从国君沦为阶下囚,从天堂到地狱的蜕变,一个"愁"字,等量于"一江春水",将大自然与人事的沧桑进行对比,抒发了作者真挚的情感。唐代杜甫的"月涌大江流",现代郭沫若的"一江流碧玉"等描写江水情景交融的诗句不胜枚举。

让我们回到谜面中来,斯谜作者用离合手法:"一"字同本义,特指江,"江流水",将"江"的"氵"流出取"工";"从此分",将"从"分成两个"人","此"为"这"的意思,指出把"从"字来分开,使语气更肯定;最后把"工、人、人"三个字素组合成"巫",扣合得底。

谜面是作者自撰语句,"一江流水从此分",道出人生旅途中与家人或友人分别的无奈和思绪，天各一方，别后相思，只能对月寄情。该谜扣合工整，面意深邃，令人读后回味无穷。

云南开放富起来（7画字）弃

蔡建荣/赏析

云南省，简称"云"或"滇"。随着改革开放的实施，40年来云南的经济得到了长足的发展，谜面"云南开放富起来"正是这段历史的写照。

此谜运用了离合之法。"云南"即"云"字的南端，扣出"厶"，"富起"指"富"的起头部分，扣出"丶"，"来"为抱合词。"开放"原义为"敞开"，别解为将"开"字放开，得到"一、廾"。这些字素合成"弃"字。这里"开放"的活用尤为精彩，可以谓之谜眼。"开放"两字让全谜顿见灵动，谜趣油然而生。炼字方炼意，好的灯谜作品与普通的灯谜作品区别就在于有无出彩之处，有无亮点。此谜就是很好的明证。

云南开放富起来（7画字）弃

丁培坤/赏析

秀山轻雨青山秀，春光甲天下；香柏古枫古柏香，花香撒九州。大家都知道，云南四季如春，是花儿的海洋，是动物的王国。更有苍山洱海、玉龙雪山、大理古城、丽江古城、香格里拉等名闻遐迩的旅游景点。新中国成立以来，一条"站起来""富起来""强起来"的振兴之路在云岭高原上演绎，一幅边疆崛起、深化开放的壮阔画卷在青山绿水间绘就。

云南开放富起来，唱响滇云新时代。熊君此谜面句正是云南发展的"白描写真"。七字自撰面句，顿读分成三段：云南／开放／富起来。"云、开、富"为实字，其余四字为辅助。"云"之南部是"厶"；"开"，放开，散开成"一""廾"两部；"富"的起始部位"、"加入进来。如此，则"厶一廾、"四部合成"弃"字。

此谜猜射难度不大,但创作过程并不简单。"弃"字偏旁是"廾",上下结构。字谜创作最常用的手法是增损离合,是通过观察、拆解、重组底字,再拟出谜面。可按照字形天然拆字的"平拆"多平淡无奇,难出精品,而通过"巧拆",则可出奇制胜,焕发生机。此谜妙在一个"开"字的拆解,一分为二,若即若离,近在咫尺,有若比邻。且有"放"字示意,散开有据。如此,"开"虽散落于"弃"字之中,然若隐若现,似静却活,别具一番神气。正是:"开"放得好啊!

拆底尤费心思,拟面更见功夫。仅仅在技术性层面的挖掘只能出佳品,而在艺术性方面的创造,思想性内涵方面的突破,才能出精品。有一谜作以"离开云南到北京"扣"弃"字,可谓十分熨帖,创作手法也是大同小异。然面句直白而无深层内涵,在思想性、时代性、艺术性上与熊君此作当有不小差距。

此作面叙情理,言明事理,更含哲理。云南正是因为"开放"才"富了起来"。正是因为弃旧迎新,弃短取长,才实现了从刀耕火种到数字经济的历史跨越,从边疆地带到开放高地的华丽转身。

花丛之间结同心(7画字)两

胡文明/赏析

"花丛之间结同心",面句为作者自拟,短短七个字,却描绘出两个有情人在花前月下喜结连理的场景,颇具画面感。

面句中的七个字各有用处,功能不一。"花",原本作为名词的花朵,改作为形容词,作"模糊不清"解,描述"丛"字的改异,即把"丛"字分开成"一"和"从"字,并且把"一"转移到"从"字的上面去,这是组成本谜的第一步,也是关键之处;第二步是把"结"字的原义"结合"改为"了结",即去掉"同"字的内部(心),余下"同"字的外框"冂"。用"冂"加上前面的"一从",组合成谜底"两"。

这条字谜,谜面清新,俗中见雅,质朴中藏着机巧,值得一猜。

化作流星一两颗,意满思念悲益切(7画字)佖

章 镰/赏析

字谜创作,如果在谜面上没有感情色彩或画面感,往往枯燥乏味,不耐看。而熊辉谜友这则字谜,我觉得耐读耐品,是一件结构饱满、值得回味和推荐的作品。

流星是天使流下的眼泪,短暂的闪光美丽,划过夜空,消失在茫茫黑暗中,留给人思念,也让人多少生些伤感。看此谜面,以文学的笔触,写灯谜的扣合,有景有情,前后连贯,层层递进,步步生巧。前一句,虚实结合,将字形与象形两相叠加,把"化"字经慧眼发现而直接大胆地用作底字构件,再以象形的一两颗流星比作三点,落于其间,既具动感,又显巧思。后一句,则将谜底本字的意思、读音,演绎和解读得完整丰满、曲尽其妙。"佖"的基本字义是"满、充满",读音为 bì ——此处又见作者运斤之技不同常人,他不是简单地用同音汉字代

入,而是采用传统的汉语标音方法,教你谜底这字该怎么念,即以"切"(亦称"反切")取"悲"之声母与"益"之韵母拼读出一个音,从而将谜底锁定、巩固,使其不可替代,摇撼不动。

纵观此谜,虽是生僻字入谜,却让我们从阅读此谜的过程中,不仅领略到灯谜的丰富内涵,包括成谜手法的多样性和巧妙性,更印证了灯谜创作两大要点:"知趣"中的"知"的真切存在以及默化作用,因为,你读了此谜,增了知识。

室蕴春意辨弦音(7画字)闲

潘洁妹/赏析

甫读谜面,即为其营造的意境所感染。整个房间里都充满了愉快欢乐的气氛,还可隐隐约约听到弦乐之声,令人好奇,真想去探个究竟。但如果你从这个角度去想,就中了作者的圈套。原来这是谜人常用的障眼法。

解谜时，当从"室"入手，会意为"屋子、房间"，联想到近义的"户、门、居、房、间、舍、宅……"，或者从"室"可扣合"星名（廿八宿之一）"，或者从"室"指代"妻子"扣合"内人"等入手。再以"春意"别作"春"这个字的意思，联想到惯用"春"扣"酒、木、青……"。以"春"扣"木"，本见《幼学琼林·岁时》"木则旺于春，其色青"。由此思之，则组合甚多，得底也不易。妙在后边的辨"弦"音，故布疑阵——此"弦音"非"弦乐之音"，实是踏实"弦"这个字的声音"xián"。有了这个提示，再经审思明辨，分取上面的"门"与"木"，恰好得到读音为"xián"的"闲"，让人有曲径通幽之感。本谜谜面虽属自撰，却自然流畅，气裕神全。一个"蕴"字，把"春意（木）"深藏于"室（门）"中，一个"辨"字，生动活现，让人如聆弦音。此谜经过转意暗示，提音复扣，神韵毕具，一读之后余味无穷！

画心疏松画边紧（8画字）固

杨基平/赏析

中国画讲究形式美，构图不受时间、空间的限制，也不受焦点透视的束缚，画面空白的运用独具特色。

构图，中国画称为"章法""布白"，是创作一幅画的关键所在。没有成功的构图，是画不出好作品的。如不能反复琢磨、精心组织，没有取舍与提炼，就会形成杂乱无章的局面。

谜面"画心疏松画边紧"，画技理论中所讲"密不透风，疏可走马"的道理就在于此。

面对"画心疏松"，玩味"画松一似真松树"，由"画"见"真"，可能让人陷入凝想沉思之中："且待寻思记得无？"

一则优秀谜作给人的第一印象往往是新鲜、强烈，令人经久难忘，具有一种褫魂夺魄的感召力，使人神游其境。

我喜欢此谜,不寻常的妙品。成谜手法,如构图作画,何处深重紧密,何处明亮疏散,巧妙布局,精心组织,遂成气韵贯通大局和谐之势。"画心"取"田",疏松为"古",开阖自如,流畅妥帖;"画边"紧凑,如若"囗"状,高矮宽窄,恰到好处。"古""囗"组合,浑然一体,谜底不言而中。

读斯谜,句顺韵雅,炼字之功,新颖别致,制谜造诣,必须点赞!

身为中国人,就该多出点力(8画字)金

杜心宁/赏析

甫读此谜,便被谜作者深切的爱国之情所感染。爱国是公民道德的基本要求,是历史地形成的忠诚和热爱自己祖国的思想感情,也是社会主义核心价值体系的基本内容。它集中表现为民族自尊心、民族自信心和为祖国而献身的奋斗精神。作为一个中国人,无不对祖国七十周年的建设尤其是改革开放这四十年的迅猛发展而自豪。我国从积

弱、贫困、疮痍满目的落后国家，迅猛发展成为世界第二经济强国，而且在各项科学技术方面也取得傲人成绩，高铁、量子科学、载人航天、探月工程、卫星导航、深海探测等诸多领域独步世界。身为中国人，就该为祖国多出力。这条看似普通的谜作，道出了每个公民的心声，具有满满的正能量。为祖国多出力，把祖国建设得更好，亦确实是个金点子。

解谜之法，则需用离合法，抓住"中国人"及"点"这两个关键字眼。"中国"为"玉"，再加上"人"，添上"点"，谜底"金"字便和盘托出。

常昊这一着，变化无常（9画字）春

陈连苏/赏析

常昊是我国著名围棋九段棋手，棋风扎实稳重，大气磅礴。面文简洁顺畅，明白如话，似在议论常昊的围棋妙着，其实是通过别解，扣合一字。

该字谜的扣合可分为三个步骤:1.用后句中的"无常",自行抵消前句"常昊"中的"常"字;2.余下的"昊这一着",则别解为——必须将"一"字增合到"昊"字中去;3."变化"则意谓——必须将"昊"字的笔画来一番改变,即将"天"字素变为"夫"字,并将"一"字增合上去,成为"春"字的上部分,然后将"日"字素摆放在其下面,重新组合成底字——春。

此"春"字谜巧妙运用"谜面自行抵消法",简化谜面和扣合,拆字离合清晰自然,全无斧凿痕迹!该谜实在令人击节叫好,是一则不可多得的佳构也!

月移阶前梅枝瘦(9画字)娜

杨基平/赏析

寻常一样窗前月,才有梅花便不同。

月光里有梅的消息。

许多的话语,冻在梅枝上,凝结为梅蕾。孤寂的蕾,在沉默里放逐。

月,飘着如纱的裙袂,在阶前漫舞,带着神秘,带着忧伤,带着凝结在心底的梦,濡染成一抹别样的诗意。

邂逅一枚月光,凝于指尖,轻染墨香,将一抹心事剪裁,在纸上涂抹一树白梅。

雪在纸上舞动,梅在纸上横斜,我的长歌在卷轴中回旋。

喜欢在这样的夜里相依偎,醉倒在一章浪漫寒意里:

你说,真想

将今夜的月光

装在酒壶里

等我们老了

打开酒壶

用文火

一起温来喝

你说,月夜赏梅

得一佳句:月移阶前梅枝瘦

以此为面,猜一字,可会?

透过月光

将那谜底身影找寻

在梅开的刹那

谜底跃然脱口而出：

娜！

"月移"成"刖"

"阶前"为"阝"

"梅枝瘦"形状若"女"

好一个"娜"字，组合如此美妙！

你说，你要跳一支梅花舞

踩着月光下的梅影

轻曼婀娜

你笑了

笑得一颗颗泪珠

滑下脸颊

是的

只有人间的美好

才值得

镜中白发显高寿（9画字）春

杨耀学/赏析

读此谜感慨万千。当年我与此谜作者熊辉在武汉相识时，他还是翩翩少年。度过谜中岁月，今日我与他都已白雪盈头。此面句显然关照着两句唐诗："高堂明镜悲白发，朝如青丝暮成雪。"也是照镜子，也是白发苍苍，然而本谜却无悲凉意，用"高寿"表达了对"老"的崇敬。"显"，显示了年龄，显示了自信。

从谜道上说，本谜别具慧眼，构思绝佳，想人之未想。多少人做过"春"字谜，多走"三人""奉先"之路，从没有人把右侧的一捺与"日"相连而作为"白"字的倒影。左上右下的斜剖，得到"寿"之高和"白"之反，此种谜思，使人倾倒。谜之叙事应为："镜中"反映着的"白"字"发"出，还"显"示一个"寿"字的高位。截取倒看，合而成"春"。

本谜不仅面句无感伤之情，底"春"尤

为出彩。它是"年轮"的代表,是沧桑岁月的射影。我们知道,"春"和"秋"都有"年"意,如"一卧东山三十春""阔别羊城十九秋"是也;而本谜以"春"为底,有一种"老树前头万木春"的生机美。不必染发,不必假发,还历史以真实,还生命以过程,老就老了吧,安详地交付给世界一种慈祥美。白发是进化的长链,是丈量成果的卷尺,是人生田野上成熟的庄稼,是时间在睿智的头脑上辉映着的旗帜。人们说,白发的贡献在于它哺育了下一代,孕育了春天;本谜说,白发本身就是美。

禁区外斜线传中,制造点球(9画字)蚊

顾 斌/赏析

本人虽不是球迷,却也能理解谜面所表达的意思。足球比赛时,进攻队员在禁区外以斜线传中,前锋射门时,被对方防守队员拉人犯规,裁判判罚点球。

谜面看似一句解说词,却暗藏玄机,包

含三种手法入谜。"禁区外",禁去"区"的外面,得"乂",是为离合法;"斜线",乃"虫"下面的一横,稍稍上提,"传中"得"中"字,"传"作抱合词,是为会意法;"点球"别解为两个"丶",是为象形法。三种手法糅合在一起,组成一个"蚁"字。

本谜的亮点,在于以"斜线"紧扣谜底,再"传"给"中"字,传神入味;"制造"分而投之,"点球"化而用之,如点睛之笔,神融意畅。故布谜阵,巧设机关,奇思妙想,手法多变。

此画形散乱,还得勤用功(9画字)革

蔡 芳/赏析

谜面讲的是绘画艺术,画作的表面功夫(描形)还未到位,尚需继续磨练,勤学、勤画、勤用功。常人所缺乏的不是成功的能力而是勤劳的意志,若能坚持不懈下苦功夫,何理不可得?何事不可成?灯谜亦然,字素离合变化,运用自如的境界,功在"勤"字的基点上。

"此画形散乱",言外之意是"将这个'画'字的字形结构打散",便成散件"一口十凵",再将位序打"乱"(一凵口十),重新组装可成谜底"革"字。"还得勤用功",弦外之音是"还得把'勤'字中的'功'用掉",于是由"勤"字剥离掉"功"的字素,亦可推出"革"字,再次扣定谜底。"'画'形散乱",匪夷所思;"勤"得用"功",有迹可寻;一隐一显,双扣互补;奇正相生,巧而不华。

香如故兮杳无影(10画字)敌

尚 华/赏析

解读斯谜,其扣合,"香+故-杳=敌",清爽得甚。有意思的是作者自注,言谜面乃化用唐·崔护《题都城南庄》"去年今日此门中,人面桃花相映红。人面不知何处去,桃花依旧笑春风"之诗意。诗人笔下"寻春遇艳"的邂逅记忆和"重寻不遇"的相思怅惘,归结为题句的桃花眼前,人面杳然,确实见其痕迹。这里,语助词"兮"的转承，将诗人之"猫儿意"，激切地表露无遗，一改诗句的委婉，很是有点文趣。而于谜作来说，此"兮"字，倘使能够融入到其增损离合中，定能添色许多，亮眼几分，可惜斯谜没有。《纸醉庐春灯百话》语："虚字为组织文章之用，惟灯谜家实者虚之，虚者实之，总以出人意表为佳。然有时亦须仍还虚字之用，乃能神完气足"，正合斯谜。故而全谜可见，诗谜置换，字趣使然，情文相生，雅意其间。

苦难之中见真心（10画字）值

王楷波/赏析

在"离合泛滥"（其实任何法门都泛滥）的今天来看，本谜也尚可一品，更别说它诞生于十三年前离合谜大行其道之时。"苦难"二字之中部为"十""亻"，"见"到"真"的"心"（且），手法干脆。谜面非常具有正能量。确实，苦难之中见真心，想来作者的经历让他深有体会。

借取西川,一直不归(10画字)偖

赵首成/赏析

在《三国演义》后半部书里,"西川"大部分情况下指整个益州;有时则与"东川"对举,指益州西部地区。周瑜欲用"假途灭虢"之计,借取西川而奇袭荆州,没想到被智高一筹的诸葛亮识破。张松原本是想把西川献给曹操,但却受到了曹操的慢待,后来转道荆州把西川地理图献给了刘备。曹操攻汉中张鲁,刘璋怕汉中落入曹操之手对己形成威胁,便力邀刘备进川。刘备在占领西川之后,又顺势夺取了东川及整个益州地区,建立了蜀汉政权。由此可见,历史上的"西川"是个特别敏感的地理名词,尤其牵涉到名曰"借取",实际一直借而不还,取而不归。此即拟面之由来。底字"偖(chě)",意为反裂。《康熙字典》:"《字汇》:音义同撦。《正字通》:撦省作偖。讹文。"

字谜亦有"别解",但都置于面句上;

底是死底，面是活面，因而首先讲究驱遣文字、炼字炼句，无论文白，务必使之流畅自然，像人话，非鸟语——这是"工"。其次则在"明修栈道，暗度陈仓"，言此喻彼，设置假象，营造谜境，迷惑猜者——这是"巧"。当然，字谜的实质性扣合手法，泰半为增损离合，但揩面原理却与会意手法的词汇谜甚或事物谜全同，这也是谜之为谜的特性所致。

本谜之扣合，系取面句首一"借"字作母字，后文七字皆围绕这个中心字展开辗转腾挪、指东打西，偷天换日、李代桃僵："借"撷"取西川"（"川"字西部）的"丿"，再摈弃（"不归"）其一笔直画"丨"，也即"借+丿-丨"，遂成底字"偌"。

相比其他字谜佳作，此谜惑人处在于：不倚重离合常规中的大开大阖，而全力调动、刻画"借"里的"昔"字上部，加一"丿"，减一"丨"，庖丁解牛，如臂使指，莫不随心，似蛛网游丝、炉烟柳线，随风飘荡。其思虑之细微缜密，手段之雕镂纤巧，诚如"东风摇曳垂杨线，游丝牵惹桃花片"（王实甫《西厢记》），又若"宫草微微承委佩，炉烟细细驻游丝"（杜甫《宣政殿退朝晚出左掖》），更像"万丈游丝是妾心，惹蝶萦花乱相续"（皎然《效古诗》）！

本谜惜乎底字稍显偏僻，瑜不掩瑕。

风声瑟声伴雁声（10画字）艳

赵首成/赏析

读此题文，即如读宋子渊《风赋》"徘徊于桂椒之间，翱翔于激水之上"，欧阳子《秋声赋》"初淅沥以萧飒，忽奔腾而砰湃"；复如读钱仲文《省试湘灵鼓瑟》"曲终人不见，江上数峰青"，李义山《锦瑟》"此情可待成追忆？只是当时已惘然"；更如读杜少陵《孤雁》"谁怜一片影，相失万重云"，毛润之《清平乐·六盘山》"天高云淡，望断南飞雁"……飒飒的秋风声，泠泠的鼓瑟声，伴随着啾啾的芦雁声，三大"交响乐"破空而来，充耳闻之，不禁回肠荡气，震撼心神。这即是谜人撰面精心营造文学意象的结果，远胜那千人一面、枯燥无味的说教；遑谈那语言贫乏、逻辑紊乱，却还自诩为"创作"的垃圾面句。

本谜之扣合，在于把谜底"艳"字的形体分析为左"丰"右"色"，"丰"同"风"声，"色"同"瑟"声，而"艳"字的本读恰又与"雁"声相同，这就构成了底字先分后合，前后照应，属于两个层面的"全音扣"成谜法。采用这种手法制成的谜作，虽不敢说前无古人后无来者，纵使今人也有寥寥数则，但相较之下，轩轾立见——缺乏此谜之平易近人，落落大方。似此手段，似此智谋，非武穆之所云"运用之妙，存乎一心"而何？

或有擅长撰写"独脚虎"类诗性面句的谜友提出疑问：第一个"声"字该仄而平，未能协律，读之不爽。对此笔者不妨从两方面来回答：一，拟面除了类诗性五七言律绝外，现实中尚有大量的散文句式者存在；二，此面显系仿自东林书院名联"风声雨声读书声,声声入耳",实乃为骈文之半句式也。善学习者,举一反三,触类旁通;善写作者,酌古准今,见微知著。

韩昌黎《送孟东野序》:"人声之精者为言,文辞之于言,又其精也,尤择其善鸣者而假之鸣。"观此谜,则同感油然而生。

从小不正,于是必反(10画字)铃

胡文明/赏析

不知道喜欢种文竹的朋友们有没有听说过园丁常说的一句话:"苗子从小不正,长大也会歪。"此说后来引申到教育孩子的方面上,道理也是一样的,做人必须从小就正。

这条字谜的谜面,讲的就是这样的一个道理。但灯谜毕竟是灯谜,他是有线索留下,让猜射者去按图索骥、探骊得珠的。粗看这谜,似乎只是一句很平常的话语,根本无从着手,但只要通过细细品读谜面,你就会发现,"从小不正"其实是指"从小"两个字不正,即把"从"字拆开后变形成"人"

和"钅"的上半部分,再把"小"字逆时针旋转90°;"于是必反",是指要把"于"字左右反转过来,变成"钅"的下半部分。两句话组成一个"铃"字,扣出谜底。

一句教育做人的话,扣出一个字来,这就是灯谜的引人入胜之处。

提前一手点三三(10画字)挚

顾 斌/赏析

这是一则关于围棋的谜。点三三是一种围棋定式,多为点角破空的手段。高手在围棋对决中,先发制人,提前一手布局,以期克敌制胜。

以"提前",方位法得"扌",点为"丶","三三"施以乘法口诀,"三三得九",再加上"手",成为"挚"字。挚者,握持也,犹如着棋者,手持棋子,作布棋状,面底结合得非常巧妙。

熊辉另有一谜,以"开局一手点三三"卷帘射杜牧五言诗句"角角棋布方",纯从会意入手。此谜兼诸方位、算术,形神俱备。"点三三"一扣"棋角",一扣"丸",法门各异。较之两谜,相映成趣。

一下扑空露后背(10画字)捕

潘洁妹/赏析

高手对阵,讲究的是看准时机,一击即中,因而他们是绝不会轻易出手的。如果出现"一下扑空露后背",那当然是险象环生,后果不堪设想。谜面如此铺陈,不过是想让猜者如堕五里雾中,达到"使昏迷也"的目的。就谜目来看,字谜类灯谜,多以增损离合手法构成。猜射时,我们可先从这个角度去思考。往往是通过比较,找出相同或相近字素,推敲增损离合的"增补""减损""变形""示位"等提示词,然后再重新组合。若不是纯离合手法成谜,还可以是字义代换后再进行重组,或者借代,或者提音提义。但细对此谜面分析,居然不露端倪,让人无从下手,是又"使昏迷也"。

最终展开谜底研究,发现"捕"字之中,竟隐隐约约出现一个"扑",把"扑"减去,就出现"一"与"月",抽丝剥茧,竟贴切榫合。原来作者在成谜时,是指将"捕"字的"一"下掉(消减),"扑"空去(除去),就露出"月"("月"字采用方位法,取"背"的后部)了。一经破解,既显得顺理成章,又达到曲解传神的效果。此谜构思灵巧,"捕"中之"扑",不落窠臼,"下""空"与"露",用字精当,让人从谜面琢磨不透,而解底之后,又击节惊呼,实是快人心胸之作!

设计相同换思路(10画字)调

柯克斌/赏析

该谜面"设"为抱合词,有安排之意,"计"字明用,"相"字由一声(xiāng)转换为四声(xiàng),由副词转换成动词,别解为选择之意,作抱合词,安排"计"与"同"组合得底;"换思路"为谜底"调"字作提义之用,"调"读为四声(diào),有调换之意。观斯谜,前四字用离合手法,后三字起提义之功,是一则不错的双扣法字谜。

平安转移出重围(11画字)啬

杜心宁/赏析

谜面营造了某支部队被敌方拦截,并陷入重重围困之中的局面。这军情紧迫,这战阵危急,不由使人想起遭遇"十面埋伏"的楚霸王项羽,耳边似乎响起"四面楚歌"。然而,这不是在垓下,既没有溃不成军的现场,也没有主帅自刎的消息;传来的却是"平安转移出重围"的电报。你不由得要长呼一口气。

应当说,谜作者酝酿的氛围和意境是很不错的。谜作者"回互其辞"也是颇为巧妙的。依据谜面推理,"平"字原来似乎是搁在"回"字中间的。如果你能较为敏捷地想到"平安转移"是要将"平"字倒转过来,那么,"重围"你能立马反应出"回"字么?

"平"字现在既然"转移出"了"重围",那么,谜底"啬"字呼之欲出,应当是没有什么疑义了吧?

改革先得有胆识(12画字)脾

杨耀学/赏析

面意犹如警句,简练而深刻,可以书之于壁上,可以立之于庭前,启发人们的改革信念和雄心。"胆识"是指有勇有谋,分为胆量和见识两个方面。一个看准了,一个果断做,这二者是改变旧制度旧事物不可或缺的品质和能力。

入谜不从意义上求底,而以字形笔画比较为谜眼。"胆"字是参照中心。谜面别解为:"改革""得"字的"先"始部分,就"有"了"胆"字可以"识"别。如此,底字与"胆"的差别,只在"先"得(彳)。看一下底字"脾",去除"胆",还剩下什么?上面一撇,中间贯通一撇,下面一竖,正好是稍稍改变了的"彳"。对于中间一撇,需要特别说明,

"脾"以及类似字"牌""啤""捭""稗"和基础字"卑",中间并非"田"字,而是从中间向左下斜穿出的一撇。这一点过去未被谜界重视,本谜用"胆""脾"之较,析出"亻"的方式,强调了"卑"字一族的笔画数、笔顺和写法,犹如一位语文教师在黑板上写字,对于不常提笔的现代人,是一种规范化演示。这是一条新颖的谜路,面云"胆识",制出这样的谜又何尝不是一种胆识?最值得赞许的是"改革"得恰到好处。"亻"在字里行间,三画分明,上下位置、基本结构、布局均未变,只笔形稍有差异,人们认同是"亻"。这应是"改革"的真意,改而不乱,革而不散,有迹可循,有态可辨。

作为经常使用"胆""脾"二字而未能发现其玄奥的中医从业者,我钦佩熊辉友的文字功力。这条谜提醒我们,谜人对汉字有与生俱来的亲切感。鲁迅先生说:汉字"音美以感耳,形美以感目,意美以感心"。我们虽然有了手机、电脑,但最好常动笔写写,不要疏离了汉字!

陈毅总结分三点(13画字)意

王楷波/赏析

灯谜最好要有画面感,这点在离合谜中尤为重要,此谜就很好地体现了这一点。乍一看让人想起了陈老总在开会讲话作总结的情景。但是再一看,与"意"字风马牛不相及,如何破解?原来是运用了提音加拆字的手法。"陈"字别解为"说"的意思,于是乎"陈毅"作为提音部分,指明谜底读"yì"这个音。提音只是辅助,不能完全独立成扣,所以加入了拆字部分"总结分三点",以"总"字"结"合"分"开的"三"字,再加上"点"(、),"意"字就出来了。

柳叶舒卷形各异(14画字)榴

尚 华/赏析

"舒卷",指舒展和卷缩。诗人重在意象,有"绿荷舒卷凉风晓,红萼开薪紫菂重"（唐·李绅），"沙岸朝来雨乍晴，东风舒卷柳条轻"（宋·孔平仲）；谜人据义抱和，有"月容如花云舒卷（计生词）二胎女"（醉云），"仙云舒卷细开合（艺术形式）绘画"（萧然）。各自心思，各取所需。斯谜大抵得而兼之，诗意虽淡些，谜用却见高妙。"柳叶"整合而为"榴"，其中"卯"字笔画之出新，"叶"字形状之变化，言舒言卷，精微之蕴，毫发之间，恰如其分。

"增损离合之谜，盖推乎天然之理，假人力而造具法门。其运法，或由题面挑剔以叫明谜底，或从底句出纳以照应谜面，随机宜神变化，量度经营，有如裁缝集锦之妙。可知先民矩矱，实具良工苦心。"（《评注灯虎辨类》）。"榴"字谜，国粹网罗列众多，如郑老百川就有"章台下边柳"和"雷雨初停柳枝长"二则，各具想法，各有千秋。斯谜以"舒卷"之赋物，得"形各异"之精准，一显制者之匠心。故而全谜得见，曲直舒卷，炼字谋断，绵丽精确，至为深切。

七星残局先师解(14画字)漏

丁培坤/赏析

"七星聚会"是从清代起广泛流传于民间的四大江湖名局之首。在象棋排局中,"七星聚会"影响大,流传广,被誉为"棋局之王"。"七星聚会",亦名"七星同庆""七星拱斗""七星曜彩"。由于此局图势中红黑双方各有七枚棋子,故人们形象地以"七星"喻之。棋摊前的"初生牛犊"常因求胜心切,误中设局人的圈套,故江湖艺人多以此局为谋生的法宝。

一看题面,棋局布于纸上,楚河汉界,虽没有人欢马叫,也没有擂鼓助威,却暗战危城,勾心斗角。不会高瞻远瞩,不懂运筹帷幄,岂能只手遮天。一局构思精巧、陷阱四伏的"七星聚会"残局,已经由先师破解了。面虽自撰,然事理、情理尽得诠释,画面引人遐思。我首先想起的是宋代赵师秀的诗句:"有约不来过夜半,闲敲棋子落灯花。"坐于灯前，遥等客人不至，百无聊赖，适见局中棋子，于是顺手拈起，随随便便，漫不经心，信手敲去，何来焦灼之感？其次是唐代白居易的诗句："山僧对棋坐，局上竹阴清。"竹林里的幽静、弈者的高雅、观者的感受，让我体验到一种恬淡虚无的感觉。还有清代钱谦益的诗句："白头灯影凉宵里，一局残棋见六朝。"让我从下棋回想到金陵这个古老城市的兴衰，秦淮河的寒潮、六朝古都的风雨，真是让人感慨万千！

再从谜理赏析此谜。此谜以象形偕增损离合法扣合。题面可分成三部：七星/残局/先师。七星，象形七个点；残局，"局"字残缺而余"尸"；先师解，"师"字前部解去，则留下"帀"。残、解，做动词，有如挥刀削木，去其杂枝，取其良材。先，指明方位，避免漫无目标，盲目乱砍，弄得支离破碎。七星，象形七个点，再分成两部分。一部分是"氵"，放在底字的前部。用"氵"作偏旁，俗称"三点水"，故此对其实际结构"点、点、提"就有了合理交代。一部分是四个点,飞洒入"币"而成"雨"部,正所谓"点点春雨润心田"也。如此,"氵、尸、雨"三部,按照顺序,组成了"漏"字,是为谜底。

此谜扣合部件分明,交代清楚。结构紧凑,不枝不蔓。既显泼墨四溅、挥洒自如之技,又露无拘无束、灵动活泼之态。此作手法不拘泥于一板一眼、循规蹈矩之呆滞,又无天马行空、碎尸杂乱之异状。

闻说天歌有三绝:喝酒,抽烟,善字谜。前两者余只是耳闻,字谜一绝,今始得见,乃非妄誉也!其对汉字偏旁部首、字素部件、笔画构件之观察、拆解、组合,眼光独到,思虑缜密,不落俗套;又遵循传统谜理,进退有据,扣合通贴。余不禁直呼:妙哉,斯谜!

点点滴滴总伤心,一番离乱,空锁闺门(15画字)墨

蔡建荣/赏析

读此谜面,我不由想起唐代崔护的《题都城南庄》一诗来——"去年今日此门中,人面桃花相映红。人面不知何处去,桃花依旧笑春风。"这是一首情意真挚的抒情诗。崔护考进士未中,清明节独游长安城郊南庄,走到一处桃花盛开的农家门前,一位秀美的姑娘出来热情接待了他,彼此留下了难忘的印象。第二年清明节再来时,院门紧闭,姑娘不知在何处,只有桃花依旧迎着春风盛开,情态增人惆怅。

此谜谜面描写的何曾不是此情此景!因为一番离乱后,今日再来,却是闺门紧锁,空无一人。情人已去何处?无人可问,无人能知。回忆起以前相处时的甜蜜浓情,此刻点点滴滴都涌上心头,令人相思,令人刻骨,令人伤心。谜作者以仿词手法拟制谜面,文笔优美,词藻华丽,而又情真意切,感人肺腑。如此寓情于景的谜面,最能吸引人!

扣合时取象形、离合为用。"点点滴滴"象形"灬",形象生动,中规中矩;"总伤心"扣出"丶丿口",削损自然,不枝不蔓;"空锁闺门"扣出"圭",析解分明,技法圆熟。"一番离乱"原意是男女主人公经历了一番分别乱离,别解为将扣合字素、部件打乱重装,从而拼凑出谜底"墨"字。真是构思巧妙,神理毕现。

小窗依稀藏春意(15画字)褎

顾 斌/赏析

杜甫有诗"窗含西岭千秋雪",写的是冬景。冬天来了,春天还会远吗?"小窗依稀藏春意",同样也饱含诗意。人站在小窗前,看到远处的野草正在发芽,"春风吹又生",生机勃勃,"草色遥看近却无",只是依稀可辨。

这里,将"小窗"象形为"口","依"字稀开,分拆为三个部件,"春"按五行借代扣"木",完成了"褎"字的搭积木式组合。"木"在"褎"的中间位置,故而用一个"藏"字,形象而生动。

我们在读一则谜作时,首先是感受到谜面的意境美,再看它的扣合。字谜是万谜之源,其扣合不宜过于单一，单一就显得单薄；赋予变化的扣法，谜作自然精彩。本谜虽仅七字，蕴含象形、拆字、借代诸法，极尽变化之能事，巧不可阶，妙不可言。

大运选手，捉对拼杀（多笔画字）攀

杜心宁/赏析

"攀"字的笔画有十九画之多，故而历来的谜作者，为其拟作的谜面也相应较长。此则灯谜，可以说是笔者见到的谜面极为简短的谜作了。

每个为"攀"字拟谜的作者，都势必解析"攀"字的构成。"攀"字的上半部分为"左中右"结构，而整个看起来又是"上中下"结构。其字素可以大致分为"木、爻、木、大、手"这五个部分。当然，倘若还要细分，数量还可以有更多。五个部分之中，比较难以解决的是"爻"字，要企出这两个"乂"颇为费脑筋。因此，长长的谜面似乎难以避免。

此谜的作者慧眼识"杀",敏锐地捕捉到"攀"字的上半部分由两个"杀"字构成。于是脑洞大开,立刻想起大运会的两个选手,成对拼杀。谜面"大运选手,捉对拼杀"就这样拟作出来了——字素"大""手""杀""杀",组合而成"攀"字。瞬间,一则佳作,应运而生。

后 记

1978年走了进灯谜这五彩斑斓世界，我那时候还是一个读初三的中学生，弹指一挥间，已过四十年。

四十年来创作灯谜五六千条，其中字谜作品占了差不多20%，可见我对字谜情有独钟。时至今天还记得我当时在武汉市武昌工人文化宫猜中的第一条谜就是字谜，谜面是"老头子"（打一字），谜底是"孝"。

字谜，是灯谜最基础的一部分。不论是猜射灯谜，还是创作灯谜，绝大多数的人都是从字谜开始的。尤其是在对群众展猜的活动中，由于不需要查找典故、资料，直接根据谜面提供的信息，一般就可以猜到谜底，所以字谜成为群众十分喜欢的一种灯谜大类。

五年前我就萌发出从全国谜人中选一批字谜创作数量多、质量高的作者，编一套《百家字谜》丛书的想法，并着手邀请了几位谜人提供作品,开始编排。此事被中华灯谜学术委员会副主任兼学术部部长赵首成得知,觉得选题非常好,决定纳入"中华灯谜图书大系"出版。约两年后,因为"中华灯谜图书大系"的选题较多,暂往后推,以待安排。中华灯谜学术委员会副主任、长安文虎社社长苏剑先生经与"中华灯谜图书大系"出资人李德生先生及编委会商议后,决定将此丛书转交给长安文虎社负责出版事宜。

字谜的创作,虽然入手比较简单,但真正要创作出既有文采,又有新意的作品也不是一件容易的事情。在四十年的字谜创作过程中,我是通过不断地学习前人的优秀作品,发现新的字素解析,探讨新的扣合技巧,逐步提高创作水平的。从平正的离合扣合,如"马上投入工作中(少笔画字)五""哪里拆迁没后台(6画字)动",象形扣合,如"三星平垂映残月(少笔画字)心""东风阵阵送舟行(6画字)巡",发展到移形提音或离合提义,如"开始下沉就报警（少笔画字）井""室蕴春意辨弦音（7画字）闲""汁多口感腻（8画字）油""口述要点效率高（10画字）速"，还有离合、提音再提义三重扣合，如"一位留下当经理，耳闻言词别在意（13画字）辞"，也尝试过纯用音扣的"风声瑟声伴雁声（10画字）艳"，纯用会意扣合的，即谜底的字素在谜面中完全不暴露出来，如"君临寿山赏秋色（14画字）碧"，等等。

这次入选《百家字谜》丛书，心怀忐忑，虽然创作的字谜数量不少，但真正好的作品却为数不多，权当充数南郭。幸得谜界部分同仁为拙作进行评析，妙笔生花、点石成金，给作品增色不少，在此谢过！同时对这套《百家字谜》丛书的统筹兼出资人苏剑先生表示由衷的感谢及深深的敬佩。

熊 辉

2019年10月8日于鹏城